读者丛书

DUZHE CONGSHU

百年辉煌读本

把梦想告诉春天

读者丛书编辑组／编

读者出版传媒股份有限公司

甘肃人民出版社

图书在版编目（CIP）数据

把梦想告诉春天 / 读者丛书编辑组编. -- 兰州：
甘肃人民出版社，2021.4（2021.5重印）
（读者丛书. 百年辉煌读本）
ISBN 978-7-226-05673-8

Ⅰ. ①把… Ⅱ. ①读… Ⅲ. ①散文集－中国－当代
Ⅳ. ①I267

中国版本图书馆CIP数据核字(2021)第047720号

出 版 人：刘永升
总 策 划：刘永升　马永强　李树军
项目统筹：宁　恢　高茂林
策划编辑：高茂林
责任编辑：肖林霞
封面设计：裴媛媛

把梦想告诉春天

读者丛书编辑组　编

甘肃人民出版社出版发行
（730030　兰州市读者大道 568 号）

北京温林源印刷有限公司印刷

开本 710毫米×1000毫米　1／16　印张 15.5　插页 2　字数 229 千
2021年4月第1版　　2021年5月第2次印刷
印数：10 001~12 020

ISBN 978-7-226-05673-8　　定价：48.00元

目 录
CONTENTS

1

塬下写作

陈忠实

　　至今依旧准确无误地记得，写完《白鹿原》书稿的最后一行文字并画上最后一个标点符号的时间，是农历一九九一年腊月二十五日的下午。在塬下祖居里专业写作的生活过了将近十年，不知不觉间我已经习惯了和乡村人一样用农历计数时日，倒不记得公历的这一天是几月几日了。

　　那是一个令人难忘到有点刻骨铭心意味的冬日下午。在我画完最后一个标点符号——省略号的六个圆点的时候，眼前突然一片黑暗，脑子里一片空白，陷入一种无知觉状态。我坐在小竹凳上一动也不能动，是挺着脖颈木然呆坐，还是趴在摊着稿纸的小圆桌上，已经不记得。待到眼睛恢复光明、人恢复知觉，我站起身挪步移到沙发上的时候，才发觉两条腿像被抽掉了筋骨一样软而且轻。

　　我背靠沙发闭着眼睛，似乎有泪水沁出。在我刚刚感到力量恢复的时候，首先产生的是抽烟的本能欲望。我点燃了雪茄，那是我抽得最香也最过瘾的一口烟。眼前的小圆桌上还摊着刚刚写成的最后一页手稿，我仍不敢完全相信，这部长篇小说真的就这么写完了！我在这一刻，不仅没有狂喜，甚至连往昔里写完一篇中、短篇小说的兴奋和愉悦都没有。我此刻的感觉，像是从一个太过深远的地道走到洞口，被骤然扑来的亮光刺激得承受不住而发生晕眩；又如同背负着一件重物埋头远行，走到尽头卸下重物时，业已习惯的负重的生理和心理的平衡被打破，反而不适应卸载后的轻松。直到现在回想并书写这种始料不及的失重情景时，我还是有点怀疑这一系列失明、晕眩和失重的生理现象，似乎与《白鹿原》最后的人物结局不无关系。当时的情景是，在我抽着雪茄的时候，眼前分明横摆着鹿子霖冻死在柴火房里的僵硬尸体。这是我刚刚写下的最后一行文字："天明时，他的女人鹿贺氏才发现他已经僵硬，刚穿上身的棉裤里屎尿结成黄蜡蜡的冰块……"这个被我不遗余力刻画其坏的《白鹿原》里的坏男人，以这样的死亡方式了结其一生。写到这一行文字时，我隐隐感觉到心在颤抖，随后就两眼发黑，脑子里一片空白了。在我喷吐出的烟雾里，浮现出鹿子霖僵硬的尸体，久久不散。这个浮现在烟雾里的坏男人的尸体，竟然影响到我写完《白鹿原》时应有的兴奋情绪，也是始料不及的事。

南窗的光亮已经昏暗。透过南窗玻璃，我看到白鹿原北坡的柏树已被暮色笼罩。尚不到下午五时，正是一年里白天最短的时月。我收拾了摊在小圆桌上的稿纸，便走出屋子，再走出小院。村巷里已不见人影，数九寒天傍晚的冷气，把大人小孩都逼回屋里的火炕上去了，游走在村巷里的鸡也都归窝上架了。这是冬天里日落之后天天重复着的景象。我已经难以像往常一样在这个时候守着火炉喝茶。我走下门前的塄坎，走在两排落光了叶子的白杨甬道上，感觉到灞河川道里如针扎一样的冷气，却不是风。我走上灞河的河堤，感觉到顺河而下的细风，颇有点刀刺的味道了。不过，我很快就冷得没有知觉了。

我顺着河堤逆流而上。这是一条自东向西的倒流河。河的南边是狭窄的川地，紧贴着白鹿原北坡的坡根。暮色愈来愈重，塬坡上零星的树木看起来已经模糊，坡塄间的田地也已经模糊，只呈现出山坡和塄坎粗线条的走势，这个时月里干枯粗糙的丑陋全部模糊了，反倒呈现出一种模糊里的柔和。我曾经挑着生产队菜园里的黄瓜、西红柿、大葱、韭菜等蔬菜，沿着上塬的斜坡小路走上去，到塬上的集市或村庄里叫卖，每次大约可以赚一块钱，到开学时就装着攒够的学费到城里的中学报名。我曾经跟着父亲到塬上的村庄看社火，或秦腔。我曾经和社员一起在塬坡上翻地，割麦子。我曾经走过的熟悉的小路和田块都模糊了。我刚刚写完以这道塬为载体的长篇小说。这道熟悉到司空见惯的塬，以及我给这塬上虚构的一群男女老少，盘踞在我脑子里也盘踞在心上整整六年时间，现在都倾注在一页一页的稿纸上，身和心完全掏空的轻松竟然让我一时难以适应。我在河堤上快步走着。天色完全黑下来了。在黑夜微弱的光色里，我走到了河堤的尽头。我不知累也不觉冷，坐在临水的石坝上，点燃一支烟，脚下传来河水冲击石坝的婉转的响声。鹿子霖僵硬的尸体隐去了。我的耳朵里和脑海中，不间断地流淌着河水撞击石坝的脆响。数九腊月的灞河川道里，大约只剩下我在欣赏这种水流的妙音。

　　我不记得坐了多久，再站起来转身走向来路的时候，两条腿已经僵硬到挪不动步子，不知是因为坐得太久还是天气太冷。待到可以移步的时候，想到又要回到那个祖居的屋院，尤其是那间摆着小圆桌和小竹凳的屋子，竟有点逆反甚至恐惧。然而，我还是快步往回走，某种压抑和憋闷在心头涌起，真想对着南边的塬坡疯吼几声，却终于没有跳起来吼出来。走到下河堤的岔口时，我的胸间憋闷压抑得难以承受，想着这样回到小院会更加不爽快，索性又在堤头上坐下来抽烟。打火机的火光里，我看见脚下河堤内侧枯干的荒草，当即走下河堤，点燃了一丛菅草。火苗由小到大、由细到粗，蔓延开去，在细风的推助下，火苗顺着河堤内侧往东漫卷过去，发出"噼噼啪啪"的响声。我重新走上河堤，被烟熏呛得大咳不止、泪流不止。在四散的烟气里，我嗅出一阵蒿草的臭味，一阵薄荷的香味，自然还有菅草、马鞭草等杂草的纯粹的熏呛味儿。火焰沿着河堤内侧往东烧过去，一会儿高了，一会儿低了。我的压抑和憋闷散失净尽了，鼻腔里还残留着蒿草的臭味儿和薄荷的香气儿，平心静气地走下河堤，再回到小院。

我打开每一扇屋门，拉亮电灯，还有屋前晾台上的照明灯，整个屋院一片亮光，我心头也顿觉敞亮。我打开录放机，特意选择了秦腔名段《花亭相会》，欢快婉转的旋律和生动形象的唱词，把一对青春男女的爱恋演绎得淋漓尽致、妙趣迭出。这是我平时放得最多的磁带，它往往能改变人的情绪。我开始动手点火烧水，为自己煮一碗面条。

这是我几年来吃得最晚的一顿晚饭，也是几年来吃得最从容的一碗面条——且不论香或不香。尽管从草拟到正式写作的四年里，我基本保持以沉静的心态面对稿纸，然而那道塬却时时横在或者说堵在心里，虽不至于食不甘味，但心理上很难感到从容。现在，横着或者更确切地说堵在心里的那道颇为沉重的古塬，完全腾空了，经过短暂的不适和诸如烧野草的释放之后，挑着面条的时候我心中已经是一派从容了。我只能找到"从容"这个词来表达吃着面条时的心态。我做完了一件事情。这是我在写作上做的前所未有的耗时费劲和用心的一件大事，只是尚不敢预测它的最后结局，或者说还不到操那份心的时候，仅仅是做完了这件事。做完以后的轻松和从容，我在蹲在火炉旁吃着面条的这个寒冬的深夜，充分地享受到了。

秋天的音乐

冯骥才

　　火车一出山海关，我便戴上耳机听起这"秋天的音乐"。开头的旋律有些耳熟，没等我怀疑它是不是真的在描述秋天，就下巴发懒地一蹭粗软的毛衣领口，两只手搓一搓，让干燥的凉手背和湿润的温热手心舒服地摩擦，整个身心进入秋天才有的一种异样甜醉的感受里了。

　　我把脸颊贴在窗玻璃上，挺凉，带着享受的渴望往车窗外望去，秋天的大自然展开一片辉煌灿烂的景象。阳光像钢琴明亮的音色洒在这片收割过的田野上，整个大地像刚生了婴儿的母亲，躺在开阔的晴空下，幸福地舒展着丰满而柔韧的躯体！从麦茬里裸露出的浓厚的红褐色是大地母亲健壮的肤色；所有树林都在炎夏的竞争中把自己的精力膨胀到头，此刻自在自如地伸展着优美的枝条；所有金色的叶子都是它的果实，一任秋风翻动，夸耀着秋天的富有。真正的富有，是属于创造者的；真正的创造者，才有这种潇洒而悠然的风度……一只鸟儿随着一串轻扬的小提琴旋律腾空飞起，它把我引向无比纯净的天空。任何情绪一入天空便化作一片博大的安寂。这愈看愈大的天空有如伟大哲人恢宏的头颅，白云是他的思想。有时风云交汇，会闪出一道智慧的灵光，响起一句警示世人的哲言。此时，哲人也累了，沉浸在秋天的松弛里。它高远、平和，神秘无限。大大小小、松松散散的云彩是他思想的片段，而片段才是最美的，无论思想还是情感……这些精美的片段伴随着空灵的音乐，在我眼前流过。那乘着小提琴旋律的鸟儿一直钻向云天，愈高愈小，最后变成一个极小的黑点儿，忽然"噗"地扎入一个巨大、蓬松、发亮的云团……接下来的温情和弦，带来一片疏淡的田园风景。秋天消解了大地的绿，用它中性的调子，把一切色泽调匀。和谐又高贵，平稳又舒畅，只有收获的秋天才能这样静谧安详。几座闪闪发光的麦秸垛，一缕银蓝色半透明的炊烟，这儿一棵、那儿一棵怡然自得地站在平原上的树，这儿一只、那儿一只慢吞吞吃草的杂色的牛。在弦乐的烘托中，我心底渐渐浮起一张又静又美的脸。我曾经用吻，像画家用笔那样勾勒过这张脸：轮廓、眉毛、眼睛、嘴唇……这样的勾画异常奇妙，无形却深刻地印在脑海里，你嘴角的酒窝、颤动的睫毛、鼓脑门和尖翘下巴上那极小而光洁的平面……近景从眼前疾掠而过，远景跟着我缓缓向前，大地像唱片慢慢旋转，耳朵里不绝地响着这曲人间牧歌。

一株垂死的老树一点点走进这巨大的唱片。它的根像唱针，在大自然深处划出一支忧伤的曲调。心中的光线和风景的光线一同转暗，即使一湾河水强烈的反光，也清冷，也刺目，也凄凉。一切阴影都化为行将垂暮的秋天的愁绪；萧疏的万物失去了往日共荣的激情，各自挽着生命的孤单；篱笆后一朵迟开的小葵花，像你告别时在人群中的最后一次招手，被轰隆隆往前奔的列车甩到后边……春的萌动、战栗、骚乱，夏的喧闹、蓬勃、繁华，全都消匿而去，无可挽回。不管它曾经怎样辉煌，怎样骄傲，怎样光芒四射，怎样自豪地挥霍自己的精力与才华，毕竟过往不复。人生是一次性的，生命以时间为载体，这就决定了人类以死亡为结局的必然悲剧。一种浓重的忧伤混同音乐漫无边际地散开，渲染着满目风光。我忽然想喊，想叫这列车停住，倒回去！

突然，一条大道纵向冲出去，黄昏中它闪闪发光，如同一只号角嘹亮吹响，声音唤来一大片拔地而起的森林，像一支金灿灿的铜管乐队，奏着庄严的乐曲走进视野。来不及分辨这是音乐还是画面变换的缘故，我的心境陡然一变，刚刚的忧愁一扫而光。当浓林深处一棵棵依然葱绿的幼树晃过，我忽然醒悟，秋天的凋谢全是假象！

它不过是在寒潮来临之前把生命掩藏起来，把绿意埋在地下，在冬日的雪被下积蓄与浓缩，等待在下一个春天里，再一次加倍地挥洒与铺张！远处的山坡上，坟茔，在夕照里像一堆火，神奇又神秘，它那里是不是埋葬着一具尸体或一个孤魂？既然每个生命都会在创造了另一个生命后离去，那么什么叫作死亡？难道，死亡不仅仅是一种生命的转换、旋律的变化、画面的更迭吗？世间还有什么比死亡更庄严、更神圣、更迷人！为了再生而奉献自己的伟大的死亡啊……秋天的音乐已如圣殿的声音，这壮美崇高的轰响，把我全部身心都裹住、净化了。我惊奇地感觉自己像玻璃一样透明。艺术其实是安慰人生的。

（摘自《读者》2019 年第 21 期）

读书就是要过河拆桥

冯友兰

　　我从七岁上学起就读书，一直读了八十年，其间基本没有间断。我所读的书，大都是文史哲方面的，特别是哲学。我的经验总结起来有四点：精其选，解其言，知其意，明其理。这里所说的书是指值得精读的书。

　　我所说的解其言，就是要攻破语言文字关。当然要攻这道关的时候，先要做许多准备，用许多工具，如字典和词典等工具书之类。

　　中国有句老话"书不尽言，言不尽意"，意思是说，一部书上所写的总要比写那部的人话少，他所说的话总比他的意思少。因为语言总离不了概念，概念对具体事物来说，不会完全合适，不过是一个大概轮廓而已。

　　所以在读书的时候，即使书中的字都认得，话全懂了，还未必能知道作者的意思。从前有人说，读书要注意字里行间，又说读诗要得其"弦外音，味外味"，这都是说要在文字以外体会它的精神实质。这就是知其意。

　　司马迁说过："好学深思之士，心知其意。"意是离不开语言文字的，但有些意是语言文字所不能完全表达出来的。语言文字是帮助了解书的意思的拐棍。既然知道了那个意思，最好扔了拐棍。这就是古人所说的"得意忘言"。在人与人的关系中，过河拆桥是不道德的事。但是，在读书中，就是要过河拆桥。

上面说的"书不尽言，言不尽意"之下，还可再加一句"意不尽理"。

人总是人，做不到全知全能。他主观上的反应、体会和判断，和客观的道理总要有一定的差距，有或大或小的错误。所以读书仅得其意还不行，还要明其理，才不至于为前人的意所误。如果明其理，就有自己的意。我的意当然也是主观的，也可能不完全合乎客观的理。但我可以把我的意和前人的意互相比较，互相补充，互相纠正。这就可能有一个比较正确的意。这个意是我的，我就可以用它处理事务、解决问题。

书读到这个程度就算是活学活用，把书读活了。会读书的人把死书读活，不会读书的人把活书读死。把死书读活，就能让书为我所用；把活书读死，就是我为书所用。能够用书而不为书所用，书就算读到家了。

（摘自《读者》2019 年第 23 期）

父亲的字据

童庆炳

　　我的家乡在福建西部的一个山村里，那里虽然偏僻，却有美丽无比的山和水。小时候，我整天在青山绿水的怀抱里嬉戏，当时不觉得有什么，可今天回想起来，那可是一种至高的、不可寻找回来的享受了。

　　整个村子都被高高低低的山包围着。无论你从哪一条路走，迎面而来的都是山。与北方的山不同，那山总是树木葱茏，一年四季的颜色虽有一些变化，但它整体的色调总是青绿的。我大概从 6 岁开始进山挑柴，就跟山交上了朋友。山上的杜鹃花开放的时候，就像一位画家将一团团的红颜色泼在绿色的山坡上，远远望去，简直是人间仙境，美极了。幽静的山谷里，会突然传来美妙的鸟鸣声，让你不得不停下手中的柴刀，竖起耳朵接受那天然乐师的馈赠。

　　在山里，我和我的小伙伴都有自己寻觅到的秘密。在远山深谷的某处，有一棵或两棵只有自己才知道的杨梅树。我们算定它结的果子成熟的时候，就起个大早，神不知鬼不觉地来到属于自己的杨梅树边，望着那满树的或红或白的果实，大叫大笑，然后一直吃到牙齿酸倒了，才想起父母交给我们的任务。至于各种蘑菇、鸟蛋等，更是大山常见的恩赐，那种美味不是城里人能享用到的。

有山就有水，从我们村子边上绕过的那条小河，是从东往西流去的。河水从深山里流淌出来，在有的地方形成浅滩，河水跳跃着，永不疲倦地唱着歌；在有的地方积成深潭，缓缓流动，平静得出奇，就像一位散步的哲学家正沉思着什么。河水清澈见底，游鱼在水中的身姿都清晰可见。我小时候最愉快的时刻，是用自制的捕鱼器捕鱼。捕鱼器是一个用蚊帐布做的圆形的"乌龟壳"，在"乌龟壳"上挖一个手掌大的圆洞，鱼饵是豆腐拌酒糟，那味道很香。我把"乌龟壳"沉到鱼儿出没的河水中，用石头压住，然后就爬到河边的一棵树上，瞭望我设下的"圈套"。这时候，我总能看见一些小鱼经不起香味的诱惑，在"乌龟壳"的洞口转来转去。一般的情况是，有一条小鱼先进去，然后就会有别的大一些的鱼也跟进去。对我来说，把握时机是至关重要的。一定要在鱼儿进去最多，但还未吃饱，对那豆腐拌酒糟恋恋不舍之际，我突然来到"乌龟壳"旁，用一块瓦片，迅速将洞口封住，然后小心翼翼地把"乌龟壳"端起来。这时，我能感到小鱼在里面跳动。那时，我们一家终年难得见到荤腥，饭桌上能有几条小鱼，那是何等的快活，而我获得的则是双份的快活。这么说吧，游水抓鱼的河潭是我儿时的极乐世界。

然而最吸引我的不是故乡的山和水，而是上学。我的最高理想是读完中学，以便将来能当一位山村的小学教师。因为那样，我们一家就会天天有米下锅了——这是从我的好几辈祖宗起直到我父母的最大愿望。可真惨，在我读完初中一年级后，因为无力供给我每周5斤米的伙食，父亲叫我休学了。后来，家里虽然勉强支持我读完初中，可无论如何，我是迈不过高中的门槛了。

在我几乎绝望之际，听说离我家乡约300里的龙岩市有一所师范学校恢复了招生。我背着家里偷偷地去参加考试，并以第一名的成绩被录取。永远忘不了那一天，我在口袋里藏着龙岩师范学校的录取通知书，回到那四周被青山包围着的村子。我天天割稻、挑柴，终于以特别勤快的表现在一次吃晚饭的时候换来了父亲的笑脸。我赶紧抓住时机，又一次提出继续上学的请求。父亲说："你死了这条心吧！你是长子，你不种田谁种田？你想上学，从哪里去弄学费和生活费？你就认命吧，孩子！"这时候，我试探着说："要是有一所学校，既不要学费，还管饭，那……"父亲抢过话头说："你做梦吧！天下会有这样的学校？要真有，那你就去好了。"全家人都笑我发痴，没有一个人认为我说的话是认真的。我暗暗高兴，装出若无其事的样子，继续"套"爸爸的话："爸爸，空口无凭，你给我立一个字据，要是真有这样的学校……"他还是不让我把话说完："我什么时候说了话不算数？你要立字据就立字据，拿笔墨来！"果然，就在饭桌上，父亲给我立了一张字据。我拿了字据，极力掩饰着内心的激动与兴奋，悄悄到姑姑、舅舅以及所有的亲戚家，把父亲的字据给他们看。他们都说："你是想读书想疯了，这一张字据有什么用？再说，哪里会有吃饭不要钱的学校。"我说："这你们别管，我只要你们做这张字据的见证人。"临近开学，有一天我趁姑姑、舅舅都在我家的时候，把龙岩师范学校的录取通知书拿出来，放在他们面前。奶奶、爸爸、妈妈、姑姑、舅舅，所有在场的人都大吃一惊。爸爸苦笑着，什么也说不出来。

在一个清晨，我独自挑着一根竹扁担，一头是一个藤编的箱子，另一头是一个铺盖卷，迈着坚定的步子，翻山越岭，向龙岩城走去。山坡上的野花似乎开得特别鲜艳，山谷里的泉水也特别甘甜，天空中飞着的大雁也特别活跃。那一年我 15 岁。

（摘自《读者》2019 年第 7 期）

有境界的人

曹文轩

　　这个世界上有一种人，他们不仅将自己的经验转赠给别人，还试图利用自己的创造能力引发新的经验，引导人们进行新的实践。这些知识预设在你的大脑里，令你在面对一些司空见惯的事情时反而发现了新意。比如我们观察大自然，自然只是显示出它本来的样子，既不美也不丑，而你为什么会觉得它美呢？那是因为你的大脑里有能和这个美相感应的知识。

　　认为一道光很美，一棵树很美，那是因为你懂得美。这目光一定是知识的目光，是因为你的目光里有了知识的积淀，它们看上去才是美的。

　　举一个例子，中国现代文学史上有一位非常有名的作家，他叫废名。他有一部长篇小说《桥》，《桥》里头有一个画面：一头牛被拴在一棵石榴树下，孩子们使劲儿逗弄它，牛急了，身体触碰到树，树上的石榴花纷纷被撞落在牛背上。大家想一想，如果看见这个场景的是一个不识字、没有知识的农夫，那么这个情景是不容易引起他的审美享受的。因为他没有这种关于美的知识。可废名先生是个读书人，这样的情景在他看来，就是一幅很美的画面，所以他才会生发出美的感叹。

还是这部长篇小说里头，我记得还有一个细节：奶奶老了，满头白发；孙女才十几岁，头发乌黑。这一天奶奶看到孙女在前面走，心里就起了一种伤感，叹息了一声说："我的头发全白了。"

你知道她的孙女是怎么安慰她的吗？孙女说："奶奶，白头发、黑头发到了夜里都是黑头发。"这句话，这个思想、这个境界，我可以肯定地说，不是那个小女孩的，而是废名先生的。

我还想起一件事情。有一年北京作协组织了一个活动，领着我们一批作家到北京郊区钓鱼。我们的领队是一位作家，还是中国钓鱼协会的常务理事，他为我们每个人准备了一副钓具。

那天我们坐一辆大巴来到了北京郊区，在一个特别大的鱼塘边垂钓，从早晨到中午，我们居然没一个人钓到一条鱼。我们的领队，那个钓鱼协会的常务理事，也没有钓到。

于是我们放下钓竿，跑到他面前讽刺挖苦他——我们钓不到还情有可原，你怎么可以钓不到呢？

大家七嘴八舌地说了不少，可他一脸淡定地坐在马扎上，望着平静的水面继续钓他的鱼。

他的稳坐钓鱼台激起了我们的愤怒，我们用更"恶毒"的语言去攻击他。他终于把钓竿放下了，回过头来，不屑一顾地看了我们这些人一眼，说："跟你们这帮家伙出来钓鱼，太无趣。你们知道什么叫钓鱼吗？钓鱼钓鱼，重点在钓，而不在鱼，你们懂吗？"

这是什么？这就是一种境界。这个境界从哪来的？可以肯定地说，是书本给他的。

读书就有这么一点好处：它能让生活中一件看上去非常平庸的事情变得不平庸，让一件非常灰暗的事情变得富有光亮，也能将一件令你感到非常尴尬的事情，在瞬间转化成一个很有境界的事情。

（摘自江苏凤凰文艺出版社《曹文轩教你写作文》一书）

茜纱窗下

王安忆

有一回，在江南乡下，走过河边埠头，见一个年轻女子在刷洗几幅木屏。走近一看，便看出这几幅屏就是床栏上的围屏，镂空的花格子做底，镶有人物、器皿、山水、花卉的浮雕。漆色已旧，褪成淡红色，想来原先当是油红油亮的。不知传了多少代，才传到这女子手里。她洗刷得仔细又泼辣，将几扇屏横躺进浅水里浸着，用牙刷剔缝和镂空里的垢，然后，用板刷顺木纹哗哗地刷洗。正面洗了再洗反面，这几面屏被洗得近乎透亮。于是，那床的晦昧气息，也一扫而尽，变得明亮起来。

与自己无关的物件，我是不大留心细节的。但有些物件经过使用，沾了人气，便有了魂灵，活了。中学时，曾去过一个同学家，这家中只一母一女，相依度日。沿了木扶梯上楼，忽就进去了，只一间房，极小，却干净整齐地安置了一堂红木家具。那堂红木家具一点不显得奢华，甚至也不是殷实，而是有了依靠。寡净里，有了些热乎气。

　　与自己关系密切的什物，其实常常不以为是什物，而好像是贴身的一部分，有些水乳交融的意思。这样的用物总共有三件，一件是一张小圆桌。桌面并不很小，但比较矮，配有四把小椅子，是一种偏黄的褐色。桌沿刻一道浅槽，包圆的边。桌面底下，进去些，有一圈立边，边底一圈棱，容易藏灰，需时常揩拭。再底下，是四条桌腿，每条桌腿上方有一个扁圆形球。年幼时，还上不了桌，我就在这张桌上吃饭。后来大了些，家中来了客人，大人上桌，小孩子另开一桌，就在这桌上。夏日里，晚饭开在小院里，用的也是这张桌子。它，以及椅子的高度，正适合小孩子。而且，它相当结实，很经得住小孩子摧残，虽然并不是什么好木料。几十年来，无甚大碍，只是漆色褪了，还有，桌腿上方的扁圆球，半瓣半瓣地碎下来。那四把小椅子，到底用得狠，先后散了架，没了。那桌子，却跟了我分门立户后的十来年，才送给一个朋友，至今还在用。它是我童年的伙伴，许多游戏是在上面做的：涂画，剪贴，搭积木，过娃娃家。有一日下午，家中来了一个客人，和我妈妈说话，我就坐在这张桌子旁一边玩，一边大声唱歌。后来玩累了，也唱累了，想离开，不知怎么，却站不起身，我就只得继续玩和唱歌，几乎唱哑了嗓子。等到客人告辞，才被妈妈从椅子上解放出来。原来椅背套进了我的大棉袄和毛衣之间，将我夹住了。因为处境尴尬，所以记忆格外清楚。记得客人是一个亲戚，上门大约是带些求告的意思，妈妈则是拒辞的态度。但求与拒全是在暗中，就听他们互叹苦经。妈妈指着我说，她比大的会吃。那亲戚则说，某某比她会吃。某某是他家的小孩子，比我小得多。那是在 1960 年的饥馑日子里。

　　第二件是一个五斗橱。大概记得是分为两半，左半是抽屉，右半是一扇橱门。打开后，上方有一格小抽屉，上着锁，里面放钱、票证、户口簿。每当妈妈开这个抽屉的时候，我都求得允许，然后兴冲冲地搬来前边说过的小椅子，踩上去，观赏抽屉里的东西。这具五斗橱于我而言最亲密的接触，是橱上立着的一面镜子。白日里，父母上班，姐姐上学，保姆在厨房洗衣烧饭，房间里只剩我自己，我就拖过椅子，踩上去。只见前边镜子里面，伸出一张额发很厚的脸。这张脸总使我感到陌生，不满意，想到它竟是自己的脸，便感失望。在很长的一个时期里，我都对自己的形象不满意，这使我变得抑郁。多年以后，在亲戚家，又看见这具橱柜，我惊异极了，它那么矮小，何至于要踩上椅子才可够到？我甚至需要弯下身子，才能够从镜子里照见自己的脸。脸是模糊不清的，镜面已布上一层云翳。

第三件是由一张白木桌子和一具樟木箱组合而成的。如我父母这样，1949 年以后南下进城的新市民，全是两手空空，没有一点家底。家中所用什物，多是向公家租借来的白木家具，上面钉着铁牌，注明单位名称，家具序号。这样的桌子，我们家有两张，一张留在厨房用，一张就放在进门的地方，上面放热水瓶、冷水壶、茶杯、饭锅等杂物。桌肚里放一具樟木箱，这是来到上海后添置的东西，似乎也是一个标志，标志着我们开始安居上海。它放的不是地方，但可供我们小孩子自如地爬上桌子，舀水喝，擅自拿取篮里的粽子什么的。有一晚，我和姐姐去儿童剧院看话剧《白雪公主》，天热口渴，回到家中，忙不迭地爬上樟木箱，从冷水缸里舀水喝。冷水缸里的水是用烧饭锅烧的，所以水里有一股米饭味儿，我到现在还记得。就是这个爬，使我们与这些器物有了痛痒相关的肌肤之亲。这些器物的表面都那么光滑、油亮，全是被我们的手、脚、膝头磨出来的。

我们家有一具红木装饰柜，两头沉，左右各一个空柜，一格小抽屉，中间是一具玻璃橱，底下两格大抽屉。后来，有过几次，父亲提出不要它了，母亲都不同意。记得有一次，她说了一句，意思是，这是我们家仅有的一点情趣。于是，在我们大小两间拥挤着床、橱柜、桌椅，还有老少三代人中间，便跻身而存着这么一个"情趣"。在这具橱柜里，陈列着母亲从国外带来的一些漂亮的小东西：北欧的铁皮壶、木头人，日本的细瓷油灯、绢制的艺伎，从美国芝加哥的高塔上买来的玻璃风铃，一口包金座钟，斯拉夫民族英雄像。橱顶上是一具苏俄写实风格的普希金全身坐式铜像。这具装饰橱与我幼年时在那家资产者客厅里见过的完全不同，它毫无奢靡之气，而是简朴和天真的无产阶级风格，但包含着开放的生活。我的妈妈，就是那个在炮火连天的战争时期，也要给战士的枪筒里插上几株野花的人。她总是有着一点奢心，在任何生存压力之下，都保持不灭。到了晚年，我们孩子陆续离家，分门立户，家里的空间大了，经济也宽裕了，而她却多病，无心亦无力于情趣的消遣。这具橱内，玻璃与什物都蒙上了灰尘，这真是令人痛楚。它原先那种，挟裹在热蓬蓬的烟火气中的活泼面貌，从此沉寂下来。

（摘自新星出版社《空间在时间里流淌》一书）

孔子在雨中歌唱

林语堂

尽管孔子缺点难免，言行不一，经常疏忽大意，但他不失为一位富有魅力的人物。其魅力在于他具有强烈的人情味和幽默感。《论语》中记载的许多格言，只有当作孔子与其亲近弟子之间轻松幽默的谈话来读，才能得到正确的理解。

有一次，孔子与他的弟子在郑走散。有人看见孔子站在东门，便告诉子贡："东门有人，其颡似尧，其项类皋陶，其肩类子产，然自腰以下不及禹三寸，累累若丧家之狗。"他们重逢后，子贡把那人说的话告诉了孔子，孔子说："形状，末也。而谓似丧家之狗，然哉！然哉！"我相信这就是真实的孔子，他强挣扎，时而得意，时而沮丧，但总是保持自身的魅力和良好的幽默感，也不惜自我嘲弄。这是真实的孔子，他并不是一些儒家学者和西方汉学家欲使我们相信的那种圣洁完美、无可指摘的人物。

实际上，人们只有通过孔子的幽默感才能真正鉴赏他的人格美。他的幽默不是庄子式的睿智和讥讽，而是和蔼可亲、听天由命的，这更具典型的中国特色。孔子的人格美经常不为批评家所注意，要感知他身上的巨大吸引力和真正可爱处，唯有与他朝夕相处，形影相伴，就像他的门徒与他那样亲密无间。在我看来，孔子的伟大不在于他是社会公德的光辉典范，也不在于他是中年初出茅庐便杀少正卯的激进改革家，而在于他是中年老成的孔夫子。他在政治上失败后，潜心从事学问研究。

《史记》记录他一生中这段时期的事迹，其动人心魄的力量，可与《新约》写客西马尼园的一段相媲美，不同的是前者以幽默的情调结尾，因为孔子总是敢于嘲笑自己。那时，孔子周游列国，想找到信任他的统治者，让他掌权，结果四处碰壁，饱受羞辱。他两度被捕，还曾与弟子挨过七天饿，因为他像疯狂的预言家一样游说各国，而得到的却是轻蔑、嘲笑和闭门羹。他愤然离开齐国，连半小时就能够做熟的午饭也等不及吃，仅带上从锅里舀起的湿米就走了。在卫国，他屈辱地坐在车上，跟随卫灵公夫人的车子招摇过市，他只得自我解嘲说："吾未见好德如好色者也。"他论说仁义时，卫灵公仰头看着凌云展翅的大雁，于是他涉黄河往见赵简子，却又遭间阻。他在黄河边叹道："美哉水，洋洋乎！丘之不济此，命也夫！"因此离开卫，又回到卫。再离卫后，他接连去了陈、蔡、叶诸国，跟随的是几个忠诚的弟子，他们犹如一群流离失所的人。这时弟子也露出了失望的神色和些微的懊悔，但据说孔子仍旧"讲诵弦歌不衰"。

孔子在雨中歌唱，谁能不为雨中高歌者所感动？他在那里，带着弟子四处漂泊，无计可施，无路可走，他们像一群难以言状的叫花子或流浪汉，但他仍会开开玩笑，没有愤怒的情绪。我不明白，中国画家为什么不绘出一幅最能表现孔子其人的荒野图？

（摘自《读者》2020 年第 14 期）

人生海海

麦 家

一

我的第一本书《解密》被退过 17 次稿。但正是因为《解密》被不停地退稿，所以在这种备受打击的过程中，它像打铁一样被打好了。

过去了那么多年，我还清晰记得写《解密》时的情景。

那是 1991 年 7 月的一天，当时我还在解放军艺术学院文学系读书。大部分同学都在为即将毕业离校而忙忙碌碌，我却发神经地坐下来，准备写个"大东西"。

这种不合时宜的举动，似乎在暗示我将为它付出成倍的时间。但我怎么也没想到，最后要用"11 年"来计。

11 年已不是一个时间概念，11 年就是我全部的青春。

这部小说发表的时候也就 20 万字，可我删掉的字数可能有 4 个 20 万，因为我在不断地推翻、重写、修改。就这样，《解密》生生死死、跌跌撞撞地走过来了。

在写《解密》的过程中，我深切地感受到，我性格里的优点和我身处的这个时代的缺点都被无限地放大了。那时候我常常告诫自己：当世界变得日日新、天天快的时候，我要做一个旧的人、慢的人、不变的人，为理想而执着的人。

这不是一时兴起的念想，而是我对自己一生的认定和誓言。

然而很遗憾，我没有守住自己。我迷失了，一度。

二

这个时代是容易让人迷失的。因为这个时代崇拜速度、崇拜欲望，每个人的欲望像春天的花朵一样争分夺秒地绽放。

我不是个圣人，我像大多数人一样，经不起利益的诱惑，锁不住欲望之门。

随着电视剧《暗算》和电影《风声》的成功，我被捧为所谓的"谍战之父"。出版商、制片人纷纷抱着钱找上门，守着我的稿子。那个时候，我忘记了曾经的誓言。

你们无法想象，从 2009 年到 2011 年，3 年的时间我写了多少东西。100 多集的电视剧，还有两部上下卷的长篇小说，累计近 300 万字。我变得超级自信，牛气冲天。可这不是真的我。

我不属于那种才思敏捷的人，但是那个时候的我，走到了自己的反面。结果可想而知，数量上去了，但是质量下来了，几部作品都乏善可陈，甚至出现了很多恶评。

我不应该这样的，可我就是成了这样。为什么？因为我做了这个时代的俘虏，在名利和诱惑面前乱了套。我成了自己的敌人，并且被打败了。

三

很多大是大非的转折，需要一些外力和契机。2011 年 9 月底的一天，我父亲去世了。

那天晚上 9 点多，我突然接到电话，说父亲病危。我当然回去了，但是我只在父亲身边待了两个小时就又走了。为什么？一是因为我觉得父亲可能不会走，另一个原因是我当时正在赶一部书稿，稿子的前半部分已经在《收获》杂志上发表，下半部在等米下锅，而我只剩下一天半的交稿时间。

我在心里默默对父亲说：给我一天时间，等我交了稿再来安心陪你。但父亲没能坚持一天，他只坚持了两个小时。我刚刚回到家，就接到电话，说父亲走了。

我年轻时不懂事，和父亲关系非常紧张，等我懂事了，他也老了。2008 年我特意从成都调回老家，就是想陪陪他，尽尽孝心。没想到，最后一刻，我最应该陪他的一刻……我觉得父亲是有意的，他就是要给我这个难堪，好让我去痛思、痛改。

真的是很难堪。杂志社尽了最大的人道给我宽限了 10 天，但那是什么样的日子，哪是写稿的时候？我不得不在灵堂上守着父亲的遗体写，在亲人不绝于耳的哭声中写，在荒诞和绝望中写……这不是写作，而是对我的嘲弄和惩罚！

我想这一定是父亲安排的，只有一个上了天的人，才有这么大的本事，可以这么极端又贴切地羞辱我、教训我。

从那以后，我整整一年没有打开电脑。我完全做好了不再写作的准备。

我在父亲去世的床上睡了半年，陪母亲度过最难熬的日子，直到最后母亲把床拆了，赶我走。

但我不知道去哪里。我就像一部因急刹车而翻覆的车，许多部件坏掉了，并且拒绝被修。

四

你们一定在想，我这部破车后来是怎么被修好的？是时间修好了我。

2014 年夏天，我在强烈的冲动中坐下来开始写新作《人生海海》。

这是我全新的一次出发，不论是题材、手法还是思想情感，我都和过去一刀两断了。

我回到了故乡，回到我的童年，聆听我最初的心跳。我写乡村小世界，写命运大世界，写父子情深，写世道人心，写在绝望中诞生的幸运，写在艰苦中卓绝的道德。

从一定意义上说，这本书也是父亲安排我写的。

我花了 5 年时间，才磨磨蹭蹭写出二十几万字，平均下来一天不到 200 字。

2019 年 4 月，这部书终于出版了。我通过写它完成了自救，治愈了我的老毛病，没有功利心又用心用功地写了一部作品。我没有报废，我自己修好"故障"，重新出发了。

今天，我想对年轻人说：人生的路非常长，岔路口非常多，你如果走错了路，必须要想办法回头、改正。人生海海，错了可以重来。

（摘自《读者》2020 年第 10 期）

当盛世繁华遇到青春年少
潘向黎

唐诗读至韦应物，生性浓烈、口味偏重的人，或者沉湎于盛唐的青春歌哭、流光溢彩，不甘心回过神来的人，容易将他等闲略过。但另一些人则被一种气息吸引，停下来细细地读，像在雪天咀嚼梅花的花蕊，或者于夏夜独自倾听竹露的声响。

但即使是喜欢他的人，如果只是细嚼梅花或静听竹露般地品韦应物的诗，难免会有一种误会——说得好听呢，可以说这位诗人本性宁静而恬淡，似乎天生有隐士之风；说得不好听，却是，此君似乎生下来就是个中年人，从来没有年轻过。类似的感慨，我在读《红楼梦》时因宝钗发过：宝姑娘其实是难得的，可就是不像个少女，而且这种人好像一生中就没有一个阶段可被称为"少女时代"。这是题外话。

说回韦应物。韦应物是京兆万年人。韦氏家族的主支自西汉时已迁入关中，定居京兆，自汉至唐，代有人物，衣冠鼎盛，为关中望姓之首。唐代民间流传这样的俗谚："城南韦杜,去天五尺。"可见其显赫。韦应物的六世祖淡于名利,前后十次被征辟,皆不应命。清高是一种必须付出巨大现实代价的终极奢侈品,君子之泽(门风、品德之承袭)远不如俗世之利(权势和物质的积累)来得实在,所以到了韦应物的祖父这一代,家道已逐渐中落。但这个家族有着传承的良好艺术修养——其父、其伯父都以绘画名于世。韦应物就出身于这样一个虽显赫却已败落,有着隐逸传统和艺术氛围的世家大族。

十五岁,他因门荫(祖上遗留给他的最后的好处)得补右千牛——左右千牛卫负责皇帝的警卫工作,通常由高级官僚的子孙充任,这是步入仕途的进身之阶,是许多人羡慕的远大前程的起点。韦应物如此年轻就成为玄宗的御前侍卫,这还不要紧,要紧的是当时正是天宝盛世。多年以后,杜甫这样无限眷恋地回忆盛世:"忆昔开元全盛日,小邑犹藏万家室。稻米流脂粟米白,公私仓廪俱丰实。九州道路无豺虎,远行不劳吉日出。齐纨鲁缟车班班,男耕女桑不相失……"

开元、天宝盛世就是这样国力强盛、百姓殷实的年代。在这样的年代,十五岁的少年当上了千牛卫。这是真正的少年得志,出入宫闱、扈从游幸,荣耀无比,于是尽情顽劣,豪纵不羁,无所不为,肆无忌惮。

关于这一段生涯,韦应物自己后来百感交集地写道:"少事武皇帝,无赖恃恩私。身作里中横,家藏亡命儿。朝持樗蒲局,暮窃东邻姬。司隶不敢捕,立在白玉墀。"(《逢杨开府》)诗人是这样回忆的:我年纪轻轻就当了千牛卫,倚仗皇帝的恩宠成了一个无赖子弟。自己已是横行街巷的人了,家里窝藏的还都是些亡命之徒。早晨就捧着赌具(樗蒲为当时的一种赌博)聚众赌博,夜里去和东邻的美人幽会。就这样无所不为,司隶校尉也不敢逮捕我,因为我天天在皇宫的白玉阶前站着呢!

好个"司隶不敢捕,立在白玉墀"!活画出一个胆大妄为、有恃无恐、亦正亦邪、既无赖又可爱的少年郎的形象。不知为什么,说到盛唐的游侠,读到"咸阳游侠多少年",我常无端想起这个画面,觉得韦应物是少年游侠中的一员——虽然他在体制内有个好差事，但人的本性常常与职业无关。

因为年轻，因为自有一股江湖侠气，更因为带着盛唐才有的任情尽性的浪漫气息，所以，这样的无赖子弟，虽然让人"恨得牙痒痒"（《红楼梦》中王熙凤语），但心底还是觉得有趣、可疼。前人也认为："写得侠气动荡，见者偏怜。"（宋刘辰翁语）偏怜，就是偏偏喜欢。

多亏韦应物自己记录了这一切，我们才知道这位很恬静、很"田园"的诗人走过了怎样的人生历程，这更让我们感觉到：当盛世繁华遇到青春年少——在横亘千年、厚重沉闷的历史山脉中，钻石般稀有而珍贵的发生概率，会带来何等"盛世气概"（乔亿《剑溪说诗又编》），好一场鲜花着锦，烈火烹油，意气飞扬，痛快淋漓的大繁华、大热闹！

只可惜，繁华很快就落幕了。安史之乱，玄宗奔蜀，三卫被撤，韦应物成了待业青年。尔后国运转衰，他个人也流落至"武皇升仙去，憔悴被人欺"的境遇。

繁华梦断。幸亏还年轻，经受得起大幻灭和大觉醒，于是他痛改前非，折节读书，少食寡欲，常焚香而坐。竟似换了一个人。

代宗广德至德宗贞元间，他先后为洛阳丞、京兆府功曹参军、鄠县令、尚书比部员外郎、滁州和江州刺史、左司郎中、苏州刺史。德宗贞元七年（791）退职。世人称他韦江州、韦左司或韦苏州，就是由这些官职而来。

安史之乱对韦应物来说，标志着国运和个人命运同时发生大转折。等到他找到新的人生定位，或者说，等到他成了另一个人，这时候，整个时代和他个人，都繁花落尽，归于平淡，收拾弦歌，入了中年。

我是这几年才喜欢韦应物的。作为青春岁月和20世纪80年代有过部分重叠的人，如今"结束铅华归少作，摒除丝竹入中年"（清黄仲则句），正是读韦应物的时候吧。

（摘自《读者》2019年第10期）

消逝的灯火

张 炜

现在的灯比过去更亮也更多了。增多的灯饰使一切场所变得更亮，在给人方便和享受的同时也似乎带来另一种不适。白天就已经很亮了，夜晚如果太亮，就使昼与夜的区别减少了。

另一些灯火消失了。它们也曾经是先进和文明的象征，不久又成为落后的代表。煤油灯、罩灯、桅灯、汽灯，它们当年使人产生了多少惊喜，连关于它们的回忆都是温暖和亲切的。

在野外，那些于远处闪亮的灯火可能是看林人的煤油灯，也可能是鱼铺老人的桅灯。在瓜田里，看瓜老汉的灯也是桅灯，它就被挂在草铺的柱子上。神秘的夜之原野，有多少美好的感觉源自这些闪烁的、若有若无的灯火？

夜晚的点点灯火从遥远处透过来，那是多么好的安慰和期许。只要走近它们，就有故事，有水甚至吃的东西，有未知的一切。

鱼铺里的老人是最有意思的，他们让童年趣味横生。老人日夜伴着海浪，孤独了只会抽烟喝酒。因为太孤独了，所以他们酒喝得太多，烟也抽得太多。他们周身的酒气直呛人的鼻子，见了小孩子就两眼发亮，像打鱼的人发现了大鱼。他们捉住小孩，想让他哭。小孩不哭，他们就掀开羊皮大衣，把他收到衣襟内，然后往他头上喷一口浓浓的烟。一番捉弄之后，小孩就哭了。为了哄小孩止住哭声，他们就拿出鱼干和地瓜糖之类，小孩就笑了。之后就是讲故事，讲有头无尾的妖怪故事，小孩又被吓哭了。

看林人的铺子比鱼铺高大，主人个个有枪。他们的故事总是与枪有关。这些人的枪筒子上堵了一撮棉花，这个景象让人永远难忘。看林人的身体比鱼铺老人的强壮，因为他们常常要离开铺子去林中追赶猎物。

瓜铺里的老人烦烦的，把一切夜间来玩的人都当成不怀好意的人。他们吝啬至极，这是职业的特征。来的人逗他说："口渴了，给咱点水喝吧！"他说："喝水水不开。""那就给咱个瓜吃吧！"他恶声恶气地答："吃瓜瓜不熟！"不过他偶尔也有高兴的时候，那会儿他整个人全变了似的，轻手轻脚出去一趟，回来时就抱着一个又大又亮的瓜。在灯光下，这个瓜真好看，还散发出浓浓的香味。他不是用刀，而是用拳，"嘭"一声将瓜击碎。不规则的瓜块格外甜。看瓜老头说："知道吗？瓜一沾了刀，就有一股馊味儿，绝对不能沾铁器。"

桅灯是野外才有的，它不怕风。它被挂在木柱上、被提在手上，无论怎样都让人喜欢。

我有三十多年没见过桅灯了。

（摘自《读者》2018 年第 7 期）

怀旧的成本

韩少功

房子已建好了，有两层楼，七八间房，一个大阳台，地处一个三面环水的半岛上。由于我鞭长莫及，无法经常到场监工，断断续续的施工便耗了一年多时间。房子盖成了红砖房，也成了我莫大的遗憾。

在我的记忆中，以前这里的民宅大都是吊脚楼，依山势半坐半悬，有节地、省工、避潮等诸多好处。墙体多是由石块或青砖砌成，十分清润和幽凉。青砖在这里又名"烟砖"，是在柴窑里用烟"呛"出来的，永远保留青烟的颜色。可以推想，中国古代以木柴为烧砖的主要燃料，青砖便成了秦代的颜色、汉代的颜色、唐宋的颜色、明清的颜色。这种颜色甚至锁定了后人的意趣，预制了我们对中国文化的理解：似乎只有在青砖的背景之下，竹桌竹椅才是协调的，瓷壶瓷盅才是合适的，一册诗词或一部经传才有着有落、有根有底，与墙体神投气合。

青砖是一种建筑的象形文字，是一张张古代的水墨邮票，能把七零八落的记忆不断送达今天。

两年多以前，老李在长途电话里告知我："青砖已经烧好了，买来了，你要不要来看看？"这位老李是我插队时的一个农友，受我之托操办我的建房事宜。我接到电话以后利用一个春节假期，兴冲冲地飞驰湖南，前往工地看货，一看却大失所望。他说的青砖倒是青色的砖，但没有几块算得上方正，经历了运输途中的碰撞，不是缺边，就是损角，成了圆乎乎的渣团。看来窑温也不到位，很多砖一捏就出粉，就算是拿来盖猪圈恐怕也不牢靠。

老李看出了我的失望，惭愧地说，烧制青砖的老窑都废了，熟悉老一套工艺的窑匠死的死、老的老，工艺已经失传。

老工艺就无人传承了吗？

他说，现在盖房子都用机制红砖，图的是价格便宜、质量稳定、生产速度快，凭老工艺自然赚不到饭钱。

建房一开局就这样砸了锅，几万块砖钱在冒牌窑匠那里打了水漂。我记得城里有些人盖房倒是采用青砖，打电话去问，才知道那已经不是什么建筑用料，而是装饰用料，撇下运输费用不说，光是砖价本身就已让人倒抽一口冷气。我这才知道，怀旧是需要成本的，一旦成本高涨，传统就成了富人的专利。

我曾说过，所谓人性，既包含情感，也包含欲望。情感多与过去的事物相连，欲望多与未来的事物相连，因此情感大多是守旧，欲望大多是求新。比如一个人好色贪欢，很可能在无限春色里见异思迁——这就是欲望。但一个人思念母亲，绝不会希望母亲频繁整容，千变万化。就算母亲在手术台上变成个大美人，可那还是母亲吗？还能唤起我们心中的记忆和心疼吗？这就是情感，或者说，是人们对情感符号的恒定要求。

这个时代变化太快，无法减速和刹车的经济狂潮正快速铲除一切旧物，包括旧的礼仪、旧的风气、旧的衣着、旧的饮食以及旧的表情。从某种意义上来说，这使我们欲望太多而情感太少，向往太多而记忆太少，一个个都成了失去母亲的文化孤儿。然而，人终究是人。人的情感总是会顽强复活，不知什么时候就会有冬眠的情感种子破土生长。也许，眼下都市人的某种文化怀旧之风，不过是商家敏感地察觉到了情感的商业价值，迅速接管了情感，迅速开发着情感，推动了情感的欲望化、商品化、消费化。他们不光是制造出了昂贵的青砖，而且正在推销昂贵的字画、牌匾、古玩、茶楼、四合院、明式家具等，把文化母亲变成高价码下的古装贵妇或皇后，逼迫有心归家的浪子们一一埋单。对于市场中的失败者来说，这当然是双重打击：他们不但没有实现欲望的权利，而且失去了情感记忆的权利，只能站在价格的隔离线之外，无法靠近昂贵的"母亲"。

（摘自作家出版社《山南水北》一书）

父亲和信

肖复兴

初三毕业的那年暑假，一天晚上，我已经睡下了，父亲走进来，轻轻地把我叫醒。父亲对我说了句"外面有人找你"，就走出了房间。

我读中学以后，父亲就不再像我小时候那样絮絮叨叨地教育我了，他知道我不怎么爱听，和我讲话越来越少，我和父亲之间的隔膜越来越深。其实，原因很简单，新中国成立前，父亲加入过国民党。我上初三那一年，积极地争取入团，更加注意和他划清阶级界限。

我穿好衣服，走出家门，看见门口站着一个女同学。起初，我也没有认出是谁，定睛一看，竟然是小奇。我们是小学同学，小学毕业后，我们考入不同的中学。初中三年，再也没有见过面。突然间，她出现在我家门前，这让我感到奇怪，也让我惊喜。

她是来我们大院找她同学的，没有找到，忽然想起我也住在这个院子，便来找我。那一夜，我们聊得很愉快。虽谈不上久别重逢，但初中三年，正是人的心理、生理迅速变化的三年，意外的重逢，让我们彼此都有一种异样的感觉。我们的友谊，从那一夜开始蔓延了整个青春期。

从那个夜晚开始，几乎每个星期天的下午，她都会来找我，我们坐在我家外屋那张破旧的方桌前聊天，好像有说不完的话。那时，她考上北京航空学院附中，需要住校，每星期回家一次，在晚饭前返回学校。我家住在大院最里面，每次我送她走出家门时，几乎所有人家的窗前都会有人好奇地望着我们，那目光芒刺般落在我们的身上，让我既害怕又渴望。那个时候，我沉浸在少男少女朦胧的情感梦幻中，忽略了周围的世界，甚至忽略了父母的存在。

所有这一切，父亲都看在眼里，他当然明白自己的儿子身上正在发生着什么事情。每一次我送走小奇后，父亲都好像要对我说些什么，却总是欲言又止。

有一天，弟弟忽然问我："小奇的爸爸是老红军吗?"弟弟的问题让我有些意外，我问他从哪儿听说的，他说是在父亲和母亲说话时听到的。当时，我不清楚父亲对母亲讲这个事时的心理。随着年龄的增长，我明白了，我和小奇走得越近，父亲的忧虑也越重。特别是在北大荒插队的时候，生产队队长总是当着全队人说："如果蒋介石反攻大陆，肖复兴就是咱们大兴岛第一个打着白旗迎接蒋介石的人，因为他的父亲就是一个国民党!"

后来，我问过小奇这个问题。她说是，但是，她并没有觉得父亲老红军的身份对自己是多么大的荣耀。作为高干子弟，她极其平易近人，对我十分友好。即使在"文革"期间格外讲究出身的时候，她也从未像一些干部子女那样趾高气扬，喜欢居高临下。那时候，我喜欢文学，她喜欢物理，我梦想当一名作家，她梦想当一名科学家。她对我的欣赏，给我的鼓励，伴随我度过了青春岁月。

说心里话，我对她一直充满似是而非的感情，那真的是人生中最纯真、最美好的感情了。每个星期天她的到来，成为我最期待的事情；在见不到她的日子，我会给她写信，她也会给我写信。高中三年，我们的通信有厚厚的一摞。

寒暑假时，小奇来我家找我的次数会多些。有时候，我们会聊到很晚，我送她走出大院的大门，站在街头，我们还会接着聊，恋恋不舍，谁也不肯说再见。

路灯昏暗，夜风习习，街上已经没有一个行人，只有我们俩还在聊，直到不得不分手。望着她的背影消失在夜雾中，我回身迈上台阶要进院门时，才蓦然心惊：每天晚上都会有人负责关上大门。门前的甬道很长，院子很深，想叫开大门，不是件容易的事情。说不定，我得在大门外站一宿了。

我抱着侥幸的心理，轻轻一推，大门开了，我不由得庆幸自己的运气好。我没有想到，父亲就站在大门后面。我的心里漾起一阵感动，但是没有说话，父亲也没有说话。我跟在父亲身后，长长的甬道里，只听得见我和父亲"嗒嗒"的脚步声。

很多个夜晚，我和小奇在街头聊到很晚，回来时，我总能推开大门，总能看见父亲站在门后的阴影里，月光把父亲瘦削的身影拉得很长很长。

这一幕定格在我的青春时代，成为一幅永不褪色的画面。在我也当上了父亲之后，我曾想，并不是每一个父亲都能这样做。其实，对于我和小奇的交往，父亲是担忧的，但他什么都没说，随我任性地往前走。他怕引起我的误解，伤害我的自尊心，而且两代人的代沟也是无法弥合的。

四十二年前秋天的一个清晨，父亲在小花园里练太极拳，一个跟头栽倒，就再也没有起来——他因脑溢血去世。我从北大荒赶回家来奔丧，收拾父亲的遗物。其实，父亲没有什么遗物。在他的床铺褥子底下，压着几张报纸和一本《儿童画报》，那时，我已经开始发表文章，这几张报纸上有我发表的散文，那本画报上有我写的一首儿童诗，配了十几幅图，这些或许就是他最后日子里唯一的安慰吧。我家有个黄色的小牛皮箱子，家里的粮票、父亲的退休工资等重要的东西都放在箱子里。父亲在世时，我曾经开玩笑说，这是咱家的百宝箱！打开箱子，在箱子的最底部，有厚厚的一摞信。我翻开一看，竟然是我去北大荒前没有带走的小奇写给我的信，是高中三年她写给我的所有的信。

望着这一切，我无言以对，泪如雨下，眼前一片模糊。

（摘自《读者》2017 年第 4 期）

沉默的人

苏 童

　　许多年以前在一个朋友间的聚会上，我听见一个女孩这样评价我的一个寡言少语的朋友："他懂得沉默。"女孩说这句话的时候，眼睛里熠熠生辉，你可以从那种眼神中轻易地发现她对沉默的欣赏和褒奖。对一个青年男子来说，那是一种多强烈的暗示，男人总是格外重视来自异性的种种暗示，并以此来鉴别自己的行为。

　　我亦如此。我一直自认是一个沉默寡言的人。从那次聚会开始，我似乎不再为自己的性格自卑，在以后的生活中，我自由地顺从了自己的意愿，能不说话则不说话，能少说话则少说话。

　　在沉默中，我一次次地观察别人，发现了许多饶舌的人、词不达意的人、热情过度的人，发现了许多语言泛滥、热衷于舌头运动的人。这些发现使我庆幸，我庆幸自己是个沉默的人。我情愿不说话，也绝不乱说话；情愿少说话，也不愿说错话。

言多必失，这是中国的古训，也是给我留下深刻印象的童年经历。许多年前，当我还是一个小学生时，看见老师在操场上狠狠地踩一只皮球。因为心疼那只皮球，我像老妇人一样大叫起来："你神经病啊，好好的皮球，为什么要把它踩瘪？"

那个老师勃然大怒，一把抓住我的手往办公室里拉，边走边说："反了你了，敢骂老师是神经病！"我在办公室被罚站的时候后悔不迭，但后悔已经没用了。我并不认为老师是个神经病，但是那三个字已经像水一样泼出去了，已经无法收回。我只能暗暗发誓，以后就是有人把世界上所有的皮球踩瘪，我也不去管他了。

在许多场合，我像葛朗台清点匣子里的金币一样清点嘴里的语言，让很多人领教了沉默的厉害。事实上，很少有人把沉默视为魅力，更多的人面对沉默的人所感觉到的是无礼或无聊。有时一个沉默的人去访问另一个性喜沉默的朋友，那场面会像一部20世纪30年代的默片电影。等到对方告辞，两个人的脸上不约而同地掠过一种解脱的表情，一个下午或者晚上双方都觉得是在浪费时间。

但是时间和生活会改变一个人，这些年来我不由自主地体验着自身的变化。这种变化也许始于家庭生活，也许始于几个"多嘴多舌"的朋友的影响，反正我现在开始大量地说话了。

大量说话起初是出于需要：妻子需要与我讨论家事、国事和其他有用无用的许多事；女儿需要我给她讲许多胡编滥造的神话故事，需要我给她解释街上广告和店牌的含义；几个谈锋锐利的朋友说话时也需要我的配合。我总不能无动于衷，只是在一边张着嘴嘿嘿地傻笑，总得发表一点自己的见解。

渐渐地，需要变成了习惯，不管是与谁交谈，我总会争取比对方多说一些话。奇怪的是，我在不停地说话中竟然获得了某种快乐，这快乐在从前是与我无缘的。这快乐的感觉有点朦胧，有点像拧开水龙头后水流喷涌而出的快乐，也有点像铁树开花的快乐。

　　学会说话从某种意义上说就是学会生活。我记得几年前一位远方的客人来访，我怀着惴惴不安的心情与他交谈。客人临别时对我说："你很健谈。"我先是惊讶，然后便感到一种喜悦。这种喜悦酷似一只雏鸟刚刚学会飞翔。是的，是鸟就必须飞翔，是一个健康的人就必须说话，这就是生活。

　　生活当然不仅是说话，生活也包括沉默，有时我会怀着怅然之情回顾我沉默的少年和青年时代，思考许多人之所以沉默的原因。我想，有些人沉默是因为不想说话，有些人沉默是因为不善说话，有些人沉默是因为不懂得说话。沉默的人以沉默对待生活，但沉默是一把锁，总会有一把钥匙来打开这把锁，这也是生活。

（摘自长江文艺出版社《苏童作品精选》一书）

宋代风雪

祝 勇

一

想到宋代，首先想起的是一场场大雪，想到宋太祖雪夜访赵普，想到程门立雪，想到林教头风雪山神庙，仿佛宋代，总有着下不完的雪。

张择端的《清明上河图》，也是从隆冬画起的，枯木寒林中，一队驴子驮炭而行，似乎预示着今夜有暴风雪。萧瑟的气氛，让宋朝的春天显得那么遥远和虚幻。

《水浒传》也可以被看作描绘宋代的绘画长卷。《水浒传》里，令我印象最深的文字是关于雪的。文字随着那份寒冷，深入我的骨髓。《水浒传》里的大雪是这样的："（那时）正是严冬天气，彤云密布，朔风渐起，却早纷纷扬扬卷下一天大雪来。"还写："（林冲）带了钥匙，信步投东。雪地里踏着碎琼乱玉，迤逦背着北风而行。那雪正下得紧。"

大雪，在林冲的世界里纷纷扬扬地落着，好像下了一个世纪，下满了整个宋代，严严实实地封住了林冲的去路。

林冲身为八十万禁军枪棒教头，其实是没有任何实权的底层公务员，所以高衙内才会对他百般加害。但即使如此，林冲想的还是逆来顺受，一心想在草料场好好改造，争取早日重返社会，与家人团聚。只是陆虞候不给他出路，高俅不给他出路，留给他的路只有一条，那就是"反"。逼上梁山，重点在一个"逼"字，没有奸臣逼他，林冲一辈子都上不了梁山。连林冲这样一个人都反了，可见《水浒传》对那个时代的批判，是何等的不留情面。

那才是真正的冷，是盘踞在人心里、永远也焐不热的冷。宋徽宗画《祥龙石图》、画《瑞鹤图》，那"祥""瑞"，那热烈，都被林冲这样一个小角色，轻而易举地颠覆了。

二

宋代的人都没有读过《水浒传》，但一入宋代，中国绘画就呈现出大雪凝寒的气象。像郭熙的《关山春雪图》、范宽的《雪山萧寺图》等，都是以雪为主题的名画。雪，突然成了宋代绘画的关键词。以至到了明代，画家刘俊仍然以一幅描述赵匡胤雪夜访赵普的《雪夜访普图》，向这个朝代致敬。

这在以前的绘画中是不多见的。晋唐绘画，色调明媚而雅丽，万物葱茏，光影婆娑，与绢的质感相吻合，有一种丝滑流动的气质。

到了宋代，绘画分了两极——一方面，有黄筌、黄居寀、崔白、苏汉臣、李嵩、张择端、宋徽宗等，以花鸟、人物、风俗画的形式描绘他们眼中的世界，田间草虫、溪边野花、林中文士、天上飞鹤，无不凸显这个朝代的繁荣与华美；另一方面，又有那么多的画家痴迷于画雪，画繁华落尽、千峰寒色的寂寥幽远，画"淮南皓月冷千山，冥冥归去无人管"的浩大意境，画"一片白茫茫大地真干净"的清旷虚无，这似乎预示了北宋时代的鼎盛繁华，最终都将指向靖康元年的那场大雪。

三

宋代雪图中的清旷、寒冷、肃杀，确实有气候变化的原因。艺术史与气候史，有时就是一枚硬币的两面。隋唐时代，中国气候温暖，所以隋唐绘画，如实地反映了当时的气候状况。

那时的中国人，窝在长安城里，吃着肉夹馍，度过了一个又一个暖冬。冬天的气温尚且如此，春夏就更不用说了。我甚至想，唐朝女人衣着暴露——袒胸露背，蝉衣轻盈，气候温暖应当是一个前提条件。世间能有多少人，甘愿为了风度而牺牲温度呢？

宋代中国的气候寒冷，比唐代冷得多。宋代画家用一场场大雪，坐实了那个朝代的冷，以至我们今天面对宋代的雪图时，依然能感到彻骨的寒凉。有学者认为，中国历史上曾经出现过四个寒冷期，分别是：东周、三国两晋南北朝、五代十国两宋、明末清初。而这四个时期，正是群雄逐鹿、血肉横飞、天下乱成一锅粥的时候。那些乱，也可以从气候上找原因，因为中国是以农业立国，老百姓靠天吃饭，气候极寒导致粮食歉收，造成大面积饥馑，加上朝廷腐败等因素，很容易使天下陷入动乱。

四

宋人画雪，不是那种欢天喜地的好，而是静思、坚韧的好。假若还有希望，也不是金光大道艳阳天的那种希望，而是置之死地而后生的希望。

我看过莱昂纳多·迪卡普里奥的电影《荒野猎人》，他演的那个脖子被熊抓伤、骨头裸露、腿还瘸了的荒野猎人，就是在无边的雪地里，完成了生命的逆袭。但在几百年前，在中国的《水浒传》里，施耐庵就已经把这样一种寓意，赋予豹子头林冲。于是，在少年时代的某一个夜晚，我躲在温暖的被窝里，读到如许文字："林冲投东去了两个更次，身上单寒，当不过那冷。在雪地里看时，离的草场远了，只见前面疏林深处，树木交杂，远远的数间草屋，被雪压着，破壁缝里透出火光来……"

我相信在宋徽宗的晚年，他所有的眼泪都已流完，所有的不平之气都已经消泯，他只是一个白发苍髯的普通老头，话语中融合了河南和东北两种口音，在雪地上执拗地生存着。假若他那时仍会画画，真该画一幅《雪江归棹图》，在生命的最后时刻，对自己颠沛的一生，做一个交代。

（摘自《读者》2019 年第 19 期）

从前慢，过日子是一蔬一饭

沈嘉柯

父母跟着我搬家到城市已久，我总有时间过得太快的错觉。匆匆忙忙，我去了很多地方，给很多大学做讲座，出很多书，见很多人，怎么匆匆忙忙又要过年了？好几年懒得折腾，年夜饭都是自助餐或在酒楼解决的。我问父母，今年想吃什么。

这个问题问得意兴阑珊，现在丰衣足食，不缺吃，吃什么都没胃口。鸡鸭鱼肉、海鲜、进口水果和零食，平时吃得太多，腻味。

我母亲说："今年我们吃自己种的小白菜。"我难以置信，在哪里种的？

母亲嘿嘿发笑，"就在你窗台外面，我看你有时候午睡，就叫你爸锄掉杂草，挪了半米。我不止种了小白菜，还有小葱和两棵茶花。"我乐了，真是服了他们。上个月下雪，站在窗前，瞧见一溜儿青翠欲滴的小白菜，十分养眼。

想起从前的一顿年夜饭，我拿着大人给的钱，一溜小跑去买酒买汽水。大人心里都琢磨好了，给的钱总要比买东西的钱多一点，小孩子才腿脚勤快。

我母亲上午砍好莲藕和排骨，砂锅铫子慢慢熬。冬日黄昏时，慢炖出的香味钻进鼻子，萦绕灵魂。藕块粉糯，排骨肉质细嫩，说不出的鲜美。好汤必须慢功夫。这只是其中一道菜。其他原材料，提早去集市趁着新鲜，挑好带回家。这个任务，通常是交给骑自行车的父亲去办。

既然出门，我就坐在父亲车子的后座上一起出门。父亲一路慢慢骑行，我东瞧瞧西看看，路边遇到卖油炸米饭团子的，我馋嘴想吃，再停下来。遇到熟人同事，父亲的车子再停下来，大人们聊天说事，我自个儿在边上玩。父亲不厌其烦地买好东西，一整天过去，我也尽兴而归。

肉食还要蔬菜来配才好。有什么菜比自己家种的更靠谱？也不用多，就把二楼那个最大的阳台直接开辟为小菜园。自家种菜自家吃，本来就是我家的传统。

城市那么大，父亲现在还是喜欢骑着自行车去附近的批发市场买菜。我已长大，不再坐他的车子后座。但有了这些记忆，我便成了心中怀有珍宝的人。

从前父亲想吃一样菜，母亲做好那样菜，花的功夫、费的心思，远比现在多。

再说回咱家的小白菜吧。他们种菜，我一棵一棵采摘好，凑个热闹，下锅小炒。自家种植，经冬过雪，这菜格外清甜。其实这不过是一道普通的菜，悠悠时间，累积的却是无形的滋味。

木心赞美"从前慢"，说"从前的日色变得慢/车、马、邮件都慢／一生只够爱一个人"。表面上这是在说爱情，其实赞美的还是人情味。

世上好吃的东西吃多了，不过如此。世界上匆匆忙忙的事烦了，就忘了初衷。我们并不是什么大英雄，也没有世界要拯救。我们赚了钱，就该花在喜欢的人和生活上。

　　从前慢，过日子是一蔬一饭，最该重视的，还是和至亲至爱的人一起慢慢吃饭。

　　　　　　　　　　　　　　　　（摘自《读者》2019 年第 11 期）

一家只卖滞销书的书店

刘　敏

165 块赊账

2018 年 11 月末的一天，给一摞书扫完码，卿松说："都打 6 折，一共 165 块钱。"

中年男人掏出手机，发现没电关机了。他翻找衣兜，身上的现金不够。卿松看看书，又看看男人，自己也不知道该怎么处理。

男人想了个办法，他先把书拿回去，回家给手机充上电，再转账到书店的微信上。卿松痛快地答应了。他给那 6 本关于法国艺术史的专著捆上绳，目送男人抱着这摞书出了门。

直到半小时后，被太太邓雨虹抱怨前，37 岁的卿松都没意识到这一单有什么问题。豆瓣书店每天销售两三千块钱，毛利率约 20%，还要扣除房租、水电费、店员工资各项成本。如果 165 块不到账，小半天就白干了。

"他说打钱，就肯定会打的嘛。"卿松嘟囔着。他性格温暾，有张圆圆的娃娃脸，小个子，是个好脾气的中年人。卿松抱着一种平静的态度，好像从不会为什么事发怒起急。"放心吧，会到账的。"

豆瓣书店已经开了 14 年了，小店一直开在北大东门 1 公里外的一处小屋中，主营人文社科类打折书。这一度是个赚钱的生意。在 2009 年年底，卿松抢到一大批上海出版集团的清仓库存——《洛丽塔》《屠格涅夫文集》《论摄影》……这些市面上稀缺的书，大批量出现在书店里，还打 5 折。

在那几个月，每天傍晚上新书时，北大、清华的学生都跑到书店里，守着两张桌子拼成的新书台，一包书传过来，大家争抢着拆开牛皮纸，好第一时间抢占自己想要的那一本。

在行情最好的时期，豆瓣书店每天能卖 6000 多块钱，这让卿松凑够一笔首付，夫妻俩买了一个 40 多平方米的小房子。

转折点是 2010 年，京东"6·18"特价活动那天，连豆瓣书店的店员都守在电脑前抢一套半价的《第三帝国的兴亡》，实体店的衰亡自此开始。五道口附近一度赫赫有名的品牌书店都消失了，留下的几家，也都生存在倒闭的阴影下。

库存书中寻宝

2003 年，22 岁的卿松刚到风入松书店打工时，看起来怯懦、内向。他出身农村，家里很穷，上小学时在城里亲戚家寄宿，却一直被当校长的姨父家暴。在学校、在家，姨父毫无来由的打骂，让他长期精神高度紧张。放学后，卿松孤立无援，一个人藏在安静的学校厕所里，挨到饭点才回家。读书时，卿松总拿着一本盗版的路遥的《人生》来回翻："举着一本书，别人就不来打扰你了，实际上什么内容我都没看进去。"

来到北京，他在北大朗润园里租了一个大杂院的单间，一边泡图书馆，一边在北大南门外的风入松书店打工。

当时风入松的经理是卢德金，对店里各种图书如数家珍，拿起一本书，从译者、出版社、责任编辑到版本区别都能讲上半天。

有一天，卢德金路过"科普"书架，随意地从角落里抽出一本《科学革命的结构》。"这本书怎么放这儿了？"卢德金问。没有人回答，书放在这儿一年多了，从没人买。现在卿松知道，这是美国科学哲学家托马斯·库恩的经典著作，分析科学研究中的范式演变，应该放在"科学哲学"，至少放在"哲学"架子上。"摆出去看一下。"卢德金随手把书交给卿松，让他放在新书台上。《科学革命的结构》此后一直被留在推荐位，一年卖出了五六十本。

在书台上，卢德金摆过"西方人眼中的中国""红学研究"等主题图书，把库房里积压的《枪炮、病菌与钢铁》拿出来，重磅推出，一周卖出上百本。

跟着"卢大师"，卿松第一次发现，书店其实是一个有强烈价值判断的行当。"真正的高手就是在大家都不了解的时候，我说这书不错，而且能得到（顾客的）认可。"

22岁的卿松开始展露出一种沉默的执拗，他整日泡在风入松，试着读加缪、卡夫卡。书中很多细节如今都已淡忘了，他只记得《罪与罚》的主人公也是个贫苦青年，这个悲剧故事让他"精神都要崩溃了，整个人极其恍惚"，这种激烈的阅读体验让他至今钟爱陀思妥耶夫斯基。

卿松记得住每一本书的位置，文学区店员邓雨虹托他找一本艺术书，他连着三天忙忘了，等到大家跟店里借书时，卿松看到小邓借了一本《驼背小人》。"天啊，她喜欢读本雅明！"卿松终于把这个女孩记得牢牢的。

在书店，卿松体会到被器重的滋味。老卢让他编内刊，推举他做店长，等到2004年卿松离职时，老卢把自己在北大周末书市的地摊也转给了他和他的女朋友邓雨虹。

摊位只是一米宽、两米长的木板，两个人用自行车驮书，一人弓背往前推，一人低头捡掉下来的书。等送到地方，从脚尖到头发丝都在往外喷汗，内衣已经湿透了。有时赶上天气不好，先去的人就发短信：风大，速送鹅卵石过来。

书摊卖的是出版社积压的库存书，卿松反复证明，一些库存书只是没有遇到合适的读者。第一笔生意，是卖辽宁教育出版社的"新世纪万有文库"，这套书从《周易》《楚辞》，到契诃夫、萧伯纳，涵盖了古今中外的社科经典，在市面上并不多见，拿到北大校园打5折出售，很多人一捆一捆地抢购，一个周末就卖了两千多块。

书摊渐渐变成北大东门外的小门市店，卿松也渐渐掌握了卢德金点石成金的本事。在新书里挑宝贝太容易了，榜单那么多，推荐语比书做得还漂亮；从旧书中选宝贝才考验知识量。从书堆里找到一本多年前的好书，卿松会立刻心跳加速，一种强烈的快感迅速袭来，一直延续到这本书上架为止。等到有懂行的顾客发现宝贝，惊叫"这本书你们都有?!"——期待的反馈出现了，那种战栗的快感再次降临。

老熟人与偷书贼

在11月末的那个夜晚，165块钱迟迟没有到账。卿松回忆中年男人的脸，记不清这是不是一个老顾客了。

豆瓣书店有很多常客，包括一些出版社的编辑，卿松给近十家出版社设计过新书封面和内页。编辑们常常跑到书店的小仓库，一下午又一下午地跟他对着屏幕调整版式。

另一位熟客，是清华的曾老师，他年过八旬，四五年前，每天都来店里转一圈。有一年冬天，他开始每天带一份饭菜，逛完书店，再去给住院的老伴送饭。第二年开春，曾老师还天天出现在书店里，但那份饭菜已经不见了。

邓雨虹眼看着曾老师越来越瘦，人渐渐枯干下去，记忆力也明显减退，总把买重的书拿回来退。老人来店里的频率越来越混乱，直到最后不再出现。两年后，邓雨虹终于忍不住跟常来的清华老师打听，得知曾老师早已不在了。

时间在豆瓣书店是静止的。卿松指着墙上几年前的一张旧照让我看，我实在看不出区别，他笑了一下："当时整洁一些。"

少有的变化是，书店新安装了监控——邓雨虹很反感监视读者，直到5年前的一天，刚摆到书台上的书，不到一小时，就被偷走两本。发现时书台还很平整——偷书贼从旁边书架抽了两本书，偷偷垫在书堆里，然后把最值钱的两本摄影集拿走了，一本是森山大道的《犬的记忆》，一本是荒木经惟的《东京日和》。

两本书都是铜版纸印刷的，定价126元，豆瓣书店的进价是75.6元。邓雨虹愤怒地在网上写日记计算：

"昨日我们的流水1585.7元，毛利是475.7元，一天的店面房租是372元，不算库房租金、不算水电费、不算车费、不算电话宽带费，所有员工不吃不喝白干，净利润是103.7元。谢谢您，我们还剩了28.1元。"

这个其貌不扬的书店，吸引的是同一个段位的读书人，连偷书贼都是斯文的相貌，各有独特的品位，偷古籍研究，偷研究宋元明器物的扬之水专著，也偷美国作家厄普代克的"兔子三部曲"。

"我无法理解，之前不算朋友，也算熟人，能没事儿过来聊聊天什么的。"比丢书更让邓雨虹生气的是，"就为了偷这么一本书，你可能失去一个书店，没办法再来了，不觉得这个损失有点儿大吗？他觉得值吗？"

侥幸的避难所

卿松从来没想过离开北京大学、五道口、蓝旗营。他的青春全都留在了这里。2003 年，他想考北大中文系的研究生，在租住的大杂院，卿松第一次感受到了平等的氛围。同院男孩自称要做导演，因为"当演员有什么意思？演员又表达不了自己的想法"；广东女孩家境殷实，去过西藏，会画画，狂热地旁听北大的课程，天天开个烂吉普车在校园里乱跑；院子里还有正宗的北大学生，一个四川的小姑娘，瘦瘦小小的，因为不喜欢跟人打交道，报了地球物理学系，自己搬到大杂院里住，天天写诗；更多的人是来考研考博的，有人几年都考不上，潦倒地"漂"在校园里，每天晚上聚在一起谈论文学和哲学。

最窘迫的时候，卿松兜里只剩 7 块钱，靠几包挂面过了一周。为了赚伙食费，卿松去风入松书店找了份兼职，在那里，他遇到了卢德金，认识了邓雨虹，无意识地给未来的人生抛下了两根锚。

13 年过去了，风入松倒闭了，北大开始严格限制入校外来者数量，那批自由的年轻人早已四散，剩下卿松和邓雨虹两个人。

书店以后怎么办？"等开不下去了再说。"夫妇俩埋首在各自的日常工作中，邓雨虹已经把店里一整个书架的日本推理小说读完了；卿松躲在小仓库里画画，他梦想以后有一天能好好画一下"真正美好的东西"：在去城里寄宿之前，他也有过无忧无虑的农村童年生活，水塘、农田，那些记忆都是彩色的，没有被恐惧玷污过。

小仓库一年比一年拥挤，卿松攒了许多没有再版的旧书。这些书常常是放在书店里，突然有一天，被顾客四五本连着抱走，再一查，才发现这些书已经被炒成了高价。卿松囤积了一批属于自己的库存，它们印刻着不同时代的阅读偏好，那是被他记录的一个小世界。

最近店员小钟要离职了，她从银行辞职后来做店员，收入减半，但能睡到自然醒。工作马上满两年，她打算重新回到大公司找份工作。邓雨虹招过很多类似的店员，他们是前插画师、民谣歌手、律师事务所助理。其中一个人形容，豆瓣书店有点儿像大海里可供中途歇脚的小岛，是一个城市里的避难所。

在2018年年末的这个夜晚，周五9点，小岛要休息了。卿松顺着脖子掏出一张公交卡，他打算一会儿到家继续看《镜花缘》，那是一个天马行空的唐代幻想世界，他期待能给这本书画一本连环画。

这一夜豆瓣书店暂且是安全的。"告诉你们一个好消息，"卿松看了眼手机，语气欣喜地说，"165块钱到账了。"

（摘自《读者》2019年第12期）

妙饮沉香一缕烟

孟　晖

收集起缕缕轻烟，再将其化入清水之中，然后，用舌咽，也用心绪，去品尝一粒名香的幽袅滋味。如果优雅也能评级，那么，宋人以沉香烟制作热饮的创意，无疑是上品中的上品。

12世纪下半叶的某一天，一位在南海做县令的陶姓朋友给南宋著名诗人杨万里送来了中南半岛的优质沉香作为礼物。为了不辜负朋友的一番美意，杨万里制作了"沉香熟水"，用这一方法仔细感受名香独有的馥郁。和所有的宋代士大夫一样，杨万里是个品香高手，亲自动手对沉香块料进行加工。把沉香料放在茶水中，沸煮一过，淘洗掉料中的油膏成分、杂质与尘腥气，才算是得到可以焚蒸的成品。

如此加工好的香料，收藏之道也非常讲究。特备一个密封性极佳的大盒，在盒中腰安设一层带有镂孔的隔架，把沉香一一切成红豆大小的豆状粒，放置在隔架之上；在架下，则注入蜂蜜，用蜜液为盒内的密封空间制造一个阴润的小环境，以此防止香料变干燥。同时，采来各种刚开的香花，堆盖在"香豆"周围，避免香气因逸散而流失。焚香的时候，从盒中取出一小颗香料，就足以氤氲一室了。

也许，正是因为宋人把爇炷沉香变成了生活中的一项习惯性内容，炉上袅袅的烟缕成为常见的景象，于是有那秀慧之人灵机触动，想到将炉上的香烟加以收集，做成一道世上最奇特的饮料——以烟缕为原料的饮料。

照一般烧香的方法，在小香炉里烧上一两颗好沉香。待到薰烟轻起，找一个口径与香炉口沿正好相合的小茶瓶，倒扣在炉口上。沉香不断散烟，随着烟气逸出的香精在上升的过程中遇到茶瓶的内壁，便凝结在瓶壁上。估量沉香上的香精大致散尽了，不会再有香气产生，就把茶瓶翻转过来，急速地向瓶内倒入滚沸热水，然后密封。如此静置一段时间，凝结于瓶底、瓶壁上的沉香香精融入水中，就得到了宋人喜爱的"沉香熟水"。

把倒扣的茶瓶当作网罗，如同捕获翩跹的蝴蝶一般，让有象而无形的丝丝香烟，在瓶底、瓶壁上留下痕迹，再将烟痕制成香水，一品其韵息。历史上的中国人对于香气的迷恋真是非同一般呢。

宋人对于精致生活的追求，体现在每一个细节上。如沉香熟水这样需要耐心与灵巧的饮料，那个时代的有闲人家普遍擅长炮制，没谁觉得是件难事。

杨万里为了表达对朋友礼物的重视，很认真地制作沉香熟水加以品尝。在以双井茶回赠朋友的同时，还附送去自己吟成的诗作，汇报体验：

> 沉水占城第一良，占城上岸更差强。
>
> 黑藏骨节龙箸瘠，班出文章鹧翼张。
>
> 衮尽残膏添猛火，熬成熟水趁新汤。
>
> 素馨薰染真何益，毕竟输他本分香。

诗人感慨道：当时流行用素馨花蒸沉香，以此来制造复合的香调，可是，人工的成果，怎么比得上天然香料最初的本色气息呢！潜台词就是告诉朋友：谢谢你送来这么优质的香料，我好好地尝了尝，真是再美妙不过的享受！

宋代真是一个矛盾的朝代：一方面，在政治、军事上极度软弱，最终导致亡国；另一方面，在科技、商品制造、贸易等方面处于领先地位，是彼时引领世界文明前进的引擎之一。因此，作为国际贸易的一个中枢，宋人生活的富裕程度达到了空前的水平。沉香熟水这一需要焚燃贵重名香的饮料，在宋人看来，竟然普及而寻常。如记录南宋首都临安繁华景况的《武林旧事》一书中就提到，在临安的夏日，沉香水作为一种解暑饮料，在街市的冷饮摊上随处出售。既然这种饮料颇为风行，大家也就自发地对其制作方法不断改进，使得相关的制作技巧和工具都日趋完善。

在南宋人陈元靓所著的《事林广记》中，对于沉香熟水有详细介绍：

用净瓦一片，灶中烧微红，安平地上。焙香一小片，以瓶盖定。约香气尽，速倾滚汤入瓶中，密封盖。檀香、速香之类，亦依此法为之。

用烧红的热瓦片代替了香炉——毕竟，要找到口径完全一致的香炉和茶瓶，是件很麻烦、不容易做到的事情。

于是，整个制作过程便成为：先在香炉上把一小颗沉香烘焙得开始散发香气，同时，把一片干净的瓦片在灶中烧到微红的程度。将烧烫的瓦片放在平地上，再将焙热的沉香颗放上去，然后，拿个茶瓶翻转过来，瓶口扣住沉香，倒立在瓦片上。热瓦就如同炭火一样熏烤着香料，催动沉香不断吐发香气，分逸出香精，吸附在茶瓶的内壁上。如此将香烟全部收入瓶中，等香焚尽，就在瓶中注水成饮。不但沉香，檀香等其他香料也可以依法炮制。

这是一种无法复制的往昔生活，如今，我们只能借着诗词穿越时光的隧道，对于曾经的风雅约略有所感知。幽堂一所，柳垂月明，多情的玉人利用她妆台旁常设的小香炉亲手度烟成饮，这是什么样的情感体验？金代诗人元好问在一首《西江月》中回忆了自己的一番亲身经历——显然，沉香熟水的美妙也传入了北方的金朝：

　　悬玉微风度曲，熏炉熟水留香。相思夜夜郁金堂。两点春山枕上。

　　杨柳宜春别院，杏花宋玉邻墙。天涯春色断人肠。更是高城晚望。

　　杨柳垂丝、杏花吐艳的春夜，小巧的院落，小巧的厅堂，檐下挂着琉璃片串成的风铃，微风一过，便传出叮当悦响。一只玉手轻巧地将茶瓶扣覆到莲花形小香炉上，良久，又将其轻轻取起，冲入热水。顿时，来自遥远异域的薰韵如花般在月下的夜色中悠然绽放，并且从此深深刻在诗人的心底，于日后，化入他对这位春夜玉人的长久怀念之中。

（摘自中信出版社《给孩子的散文》一书）

"致良知"的境界

青山闲人

王阳明是一个伟大的教育家，其教育的伟大目标是让人人都达到"致良知"的境界。

致良知，究竟是一种怎样的境界呢？

很简单——一言一行都符合良知的准则，一举一动都符合中庸的规范。

要达到这种境界，难度大吗？

我们只要听听孔子的形容就明白了。孔子说："天下国家可均也，爵禄可辞也，白刃可蹈也，中庸不可能也。"由此可见，要达到"致良知"的境界，几乎是"难于上青天"。这也就是几千年来圣贤屈指可数的原因。

那么，达到了"致良知"的境界，又会怎么样呢？

遭巨变：每逢大事有静气，不慌不忙

1519 年的夏天，阳明先生在前往福建的途中，突然得到宁王叛乱的消息。其时，江西巡抚孙燧和按察副使许逵被宁王杀害，江西全省官员被宁王控制，各地府库的钱粮物资被宁王没收。宁王的十万叛军就像被喂饱了的鹰犬，露出了锋利的牙齿……在一无兵马、二无将官、三无粮草、四无器械的情况下，阳明先生临危不乱，很快在吉安府树起了平叛的大旗，并针对宁王可能采取的上、中、下三策，迅速使出了"无中生有"的疑兵之计，仅用了几百份伪造的朝廷公文，硬是扰乱了宁王的心神，打乱了宁王的战略部署，使其不知不觉地落入了阳明先生为其设计的"下策"（据守南昌，被朝廷大军围困而死）之中。

逢绝境：人生达命自洒落，不惶不馁

1507 年夏天的一个黄昏，阳明先生在被贬走龙场之前，寄住在杭州圣果寺养病，被刘瑾派来的两个刺客挟持。面对逃不了又打不过的危局，阳明先生没有绝望，而是眉头一皱，计上心来。

他将家里给自己准备的一笔数目不小的路费全部送给两个刺客，非常诚恳地说："二位兄弟与我无冤无仇，这次办差一定是奉命行事，我一点也不怪你们。我是一个必死之人，这钱拿着也没有什么用处了，就送给二位吧！"两个刺客一生杀人无数，倒从来没有见过在死亡面前如此通达之人，顿时心生好感，便和气地对阳明先生说："我们是有命在身，不得已而为之。今日你不死，我们就得死！不过看在你如此配合的份上，你可以选择一个死法。"阳明先生一听，非常感激，作了一个揖，说道："临死之前，能遇到二位兄弟，也是一种缘分。我一生潇洒自在，今日也想求一个自在死法。这样，我先拿钱置办一桌酒席，恳请二位与我豪饮一顿，然后，我就投江自尽，以完成二位的任务，如何？"两个刺客一听，觉得没什么风险，而且可以赚一顿美酒美食，便爽快地答应了。

酒过三巡，菜过五味，眼看着两个刺客渐入蒙胧之境，阳明先生心知计已生效。但为了把戏做足，彻底让两个刺客放松警惕，阳明先生又请人拿来笔墨纸砚，当场写了两首绝命诗，并一再嘱咐刺客想办法交给自己的家人。其中一首诗是："学道无成岁月虚，天乎至此欲何如？生曾许国惭无补，死不忘亲恨有余。自信孤忠悬日月，岂论遗骨葬江鱼。百年臣子悲何极？日夜潮声泣子胥。"两个刺客虽然文化程度不高，但看着阳明先生那行云流水般秀丽劲挺的字迹，也"相顾惊叹为天才"！善于察言观色的阳明先生便趁热打铁，又灌了二人不少美酒，直至他们彻底进入醉乡。

这时，阳明先生果决地起身，大步向江边走去。两个刺客摇摇晃晃地跟在后面，距离拉得越来越远。阳明先生到达江边后，见两个刺客尚未跟上来，便赶紧脱掉鞋子，将之放在江边的沙滩上，摘下头巾弃于水中，然后抱起一块大石头"扑通"一声投入江中，制造了一个投江自尽的假象，自己则迅捷地躲进了江边的芦苇丛中，悄然远遁了。

等两个刺客醉步走到江边，看到遗落在沙滩上的鞋子和水中的头巾，认为任务已经完成，便放心地回去复命了。

遇诱惑：举头三尺有神明，不贪不占

阳明先生之所以能成为一代伟大的思想家、教育家，之所以能为中华民族种上"良知"之树，与其父亲王华的言传身教密不可分。如果说，阳明先生无愧为一个"良知"圣人，王华则无愧为"良知"之父。这一点，从两个小故事可以看出来。

王华六岁时，与村里的一群小伙伴在河边玩耍。这时，一个醉汉来到河边洗脚，洗完后便摇摇晃晃地走了。等他走后，王华发现河边有一个钱袋子。王华想，这一定是醉汉丢下的。眼看着太阳落山了，王华随意找了个借口，没有同小伙伴一起回去，而是静坐在河边等待醉汉归来。果不其然，那醉汉一边号哭，一边向河边赶来了。王华迎上去，举着钱袋说："大叔，你看看，这是你丢的钱袋吗？"那醉汉欣喜若狂地接过袋子，打开一看，里面分文未少。醉汉随即取出一小锭金子说："小朋友，非常感谢你，这点钱你拿去买糖果吃吧。"王华笑着拒绝："大叔，你数十锭金子我都不要，还会要你一锭金子吗？"那醉汉听了非常惭愧，对着王华深深地鞠了一躬！

　　大约是 1465 年，二十岁的王华受浙江布政使宁良的邀请，到湖南省祁阳县给宁良的儿子当老师，住在一个叫梅庄的地方。当地一个大富豪非常仰慕王华的品貌和才学，就把他请到自己的家里做客。一天晚上，已经喝得半醉的王华正准备上床歇息，一个容颜秀丽的女子突然出现在房间里。王华猛然一惊，酒醒了一半。只听那女子说道："先生别慌，我是主人的小妾。因我家主人身体有疾，一直生不出孩子，他见先生品貌才华均佳，所以想向先生借种续后。先生如不信，可看这扇面上的字。"王华半信半疑地拿着扇子一看，果见上面是主人亲笔写的一行字："欲借人间种。"王华看罢，略一沉思，便在扇面上加了一行字："恐惊天上神。"然后，他将扇子退给了那位美妾，并毅然将其请出了房间。

（摘自团结出版社《铿然舍瑟春风里》一书）

生命里最纯粹的东西在闪光

北溟鱼

那天夜里，天阴风寒，黄叶满地。世道不太平，家家都早早闩门熄火，睡下了。半夜，曲阜孔家人被一阵叩门声惊醒。家仆急急忙忙穿衣点灯四下奔走，却没有人敢决定，这门到底要不要开。家长孔褒不在家，只有最小的主人孔融在，可他这会儿才十六岁，能做主吗？

孔融却衣冠严整地走出来，命令说，开门。

大门打开，外面狼狈而急迫地敲着门的儒生看见面前的少年，脸上掩不住失望。

他问，你哥哥孔褒不在家吗？他大概猜到面前的少年就是孔融，便问，你就是六年前在洛阳拜访李膺的孔融吧？

他早就从好友孔褒那里听说过这个聪明又大胆的少年，说孔融四岁就知道把大个儿的梨子让给兄长吃，也听说过孔融十岁去见大名士李膺，李膺不见人，孔融却说自己是李膺故人之后。李膺问，我认识你？孔融回答，我的祖先孔子与你的祖先老子有不少交情。

孔融知道这人是最近正被通缉的张俭。张俭和大宦官侯览是同乡，他上书弹劾侯览，揭露侯览的家人在山阳郡的恶行，被恼羞成怒的侯览派人追杀，这就是东汉末年第二次党锢之祸的起因。孔融早就听说过张俭的名声，当时有文化的大家族、读书人，因为敬重张俭的行为，争相收留他。为此，有十几户人家被灭族。

孔融对他说，我哥哥不在家，但我难道不能为您做主吗？

于是少年孔融自作主张收留了逃亡要犯张俭。

这是孔融一生最重要的转折。

孔融十三岁就死了父亲，与兄长相依为命。他聪明也有理想，可是他并不知道，在孤岛一般安定的家园之外，东汉的世家大族与宦官正斗得你死我活。不过，就算他知道，他依然会收留张俭。不久事情就败露了，张俭被秘密逮捕，连带孔家两兄弟也吃了官司，被押在牢里。庇护罪犯，就是死罪了。但张俭本是来找孔融的哥哥孔褒的，孔褒不在家，孔融才收留他，兄弟二人，到底判谁死？

孔融说，人是我留的，祸是我闯的，跟我哥哥有什么关系？

孔融这一让，让出了大名。那是一种人人都渴慕，却又太过昂贵的道德追求：人生万难，最难是死；连死也不惧怕的时候，最有风度。当生命里那些最纯粹的东西闪光的时候，它超越了个人短暂的存在，脆弱、卑微易逝的肉体也因此而发出迷人的光芒。

名满天下的孔融在洛阳开始了他的仕途。但一个资历尚浅的公务员即使名声再大，也换不来尊严。他先是作为司徒杨赐的属官，去祝贺河南尹何进升迁为大将军。何进却摆谱，让孔融在门口等着。孔融一怒之下拽回自己的名帖扬长而去，回到单位就交了辞职信。故事却没有结束，这个升为大将军的何进为了对付宦官集团十常侍，招来了暴戾残忍的凉州军阀董卓。

孔融怎么会待见董卓这种没文化又视人命如草芥的莽夫？二人互相看不

顺眼，此时山东北海郡刚好闹黄巾军起义，董卓干脆把他下放到那儿，想借刀杀人。孔融也确实没有让董卓失望，他把那些在和平时代大量需要却在战争年代一无是处的事情全搬到北海去：修学校，招募有学问的人，大兴文化活动，赡养孤寡老人。不久黄巾军打过来，风卷残云。

多么不合时宜，但又何尝不是一种纯粹？孔融傻人有傻福，他在北海赡养过一个孤寡老人，那人正是东海太史慈的老母，黄巾军打过来，孔融便请太史慈向当时的平原相刘备求救，刘备受宠若惊：没想到名满天下的孔融还知道我！立刻派了三千人马过去。孔融有惊无险，逃过一劫。

天下如同坐着过山车，几年就经历一次翻天覆地的大变局，但孔融，像一块千年前留下来的石头，不知变通，依然故我。现在，天下来到了曹操的时代。与当时许多汉臣一样，曹操表现出的进取心，让孔融把曹操当作匡扶天下的能臣，对他掏心掏肺。但曹操，根本没打算认真听他说话。孔融因为少年时的"让梨"早已盛名在外，曹操把他像活菩萨一样供起来，以显示他对读书人、对孔子家族的尊敬。在曹操治下，孔融先后担任的都是朝廷上那些无所事事的闲职。

可是孔融没领会曹操的意思，他以为他必须履行一个朝廷命官的监督职责，而监督最有权力的人则是刚正忠诚的人最大的义务。

曹操当时是"老子天下最大"，又不拘小节，送到孔融面前的把柄是一筐连着一筐。

为了防止粮食浪费影响军粮征集，当然，也为了社会教化，曹操颁布了一道禁酒令。孔融却不能忍：倒不在于被剥夺了"对酒当歌"这样潇洒的乐子，而在于酒本身就是一种礼仪。祭祀要酒，邦交要酒，就是在乡党之中和老年人之间联络感情、表达尊敬也是靠喝酒，连小辈如何敬酒都有讲究。一旦不能喝酒，只能喝白开水，比现在过年不能放鞭炮烟火严重多了。喝酒关乎信仰和伦理。

话传到曹操那里，曹操骂了他一顿，告诉他因酒亡国的事情数不胜数。

孔融又说，徐偃王因为坚持仁义不肯迎战周穆王，而丢失了国家，可你不能说仁义不好；燕王哙将国家让给子之，国家大乱，可没有人说谦让会亡国；夏商因为女人亡国，可没人说从此不要找女人结婚。干吗要把亡国的责任推到酒的身上？是你自己怕粮食不够吃吧！别找借口了。

曹操没理他。

曹操打袁绍，打下来一个"战利品"：漂亮女人甄氏。原来自己想要，结果儿子先占有了，老子总不能不讲风格，于是把甄氏让给了曹丕。

这件事情在曹操的幕府里影响比较恶劣：漂亮的女人一向是亡国祸水，夏商周三代，一朝一个，都葬送了几百年的基业。而就是这个甄氏，把袁绍给害死了。

大家都敢怒而不敢言：曹操性情多变，现在和你称兄道弟，心里面说不定正想着怎么让你脑袋搬家。可是孔融敢。没过两天，就当大家以为此事已经过去了的时候，孔融将一份"考古发现"呈到了曹操的面前：武王灭商，苏妲己并不像历史上说的那样是被赐死的，而是被赏赐给了周公。

曹操颇为欣喜，问道，耶？真有此事啊？从哪里考证出来的？

孔融的回话简单明了：不过是从现在发生的事情倒推上去，想当然耳。

这件事情有一点人身攻击的意思，曹操不太高兴，但也没对孔融怎么样。没想到接下来，他做什么孔融就反对什么。

建安十年（205年），曹操征乌桓，孔融立刻上书，说曹操这次远征，可以将当初肃慎（商周时北方的蛮夷）不向周武王敬献生长在北方的树木，苏武在匈奴辛苦放了几十年却被丁零人偷走的羊都连本带利地讨回来了。

人都怕苦怕累更怕死，谁都不喜欢打仗。可是大多数人讲话都比较委婉，满口德政、养民地去劝曹操。孔融的同事贾诩就是这样：小事睁只眼闭只眼，大事迂回曲折地劝，见老板要发飙，转身就跑。

只有孔融抱持理想者原来的样子。他专拣重要的事、难听的话讲，显示出极差的人际交往技巧。本来，孔融行走江湖这么多年，不该如此不懂人情世故，可是，在他的时代，在汉末虚伪的"孝"与曹操虚伪的"忠诚""大度"中，他忍得太久。现在，他宁愿去死，也不想再忍了。

孔融的时代，实行察举孝廉的制度。孝悌能够换得官位，所以出现了造假"孝子"的狂潮：有声称为父母守孝二十年，表面上不结婚、不喝酒，转眼却在墓道里生了五个孩子的；有故意犯罪，把官让给弟弟做，博取世人的称赞之后以换得更大官位的……孔融的老板曹操讲有容乃大，讲周公吐哺天下归心，可现实中却派了密探去监听臣下家里的密谈；大臣和他意见不合，弄不好就被拖出去打屁股，以至于有人为了不受侮辱，上朝都带着毒药。

在这样的状况下，一个聪明人要么就该处江湖之远，隐于深山；要么就在朝廷随波逐流，混口饭吃。可是孔融，他选择对抗一切，不管那是否正确。他的逻辑是这样的：既然他的对抗能让这些不正常的人不舒服，那么这些行为一定具有普遍的正确性。

作为九卿之一，孔融上朝的时候不遵朝仪，不戴礼帽，甚至溜达溜达去了后宫……孔融曾经对祢衡说，父亲对于孩子有什么恩德呢？他不过是为了满足自己的情欲；母亲对孩子有什么恩德呢？孩子在她的肚子里就像东西放在缸里，取出来也就罢了……终于，曹操对他开始感到头疼了——愤青可以容忍，因为他们只有愤怒，但是没有社会影响力；可是老愤青就要严格管制了，因为这些人不但自己愤，而且还能带领大家一起愤，这就叫不安定因素了。孔融既不懂得柔顺，又不想闭嘴，只能杀了。

建安十三年（208年），曹操的秘书班子将孔融的罪名拟定妥当。一共四条，皆为其平时出格的言行，哪一条也不是必死的重罪。

孔融看到这份罪状的时候心里一定没有太多波澜，对于一个生无可恋的人来说，死未必是一种惩罚。他甚至可能带有一种悲壮的殉道感——犹如后来本可以苟且逃生的谭嗣同选择血染菜市口。

孔融是这个时代的最后一个儒者，尽管不合时宜，但他还是笃行儒家精神。他像个剑客，单枪匹马地想要恢复一种早已远去的时代精神，却和与风车作战的堂吉诃德一样，成为一个孤独而怪异的骑士。

黑格尔在《逻辑学》的序言里曾经说过，假如一个民族觉得它的国家法学、它的情思、它的风习和道德已变得无用时，是一件很奇怪的事情……就像一座庙，其他各方面都装饰得富丽堂皇，却没有至圣的神。

有的人，一辈子也不会发现这样荒唐的虚无。

孔融死，妻子皆被诛。他用自己的生命结束了儒家理想在这个时代实现的可能。

只是可怜了他的两个小儿子，和孔融年少之时何其相像的两个聪慧的孩子。得到父亲被治罪下狱的消息时，两个人正在下棋，脸上毫无惊慌之色。没有人知道这两个当时一个七岁、一个九岁的孩子的想法。知道的，只是这两个本可能和孔融一样在中国的历史上闪耀几许光芒的孩子，用超越年龄的镇定留下的一句千古名言：

覆巢之下，焉有完卵。

（摘自《读者》2019 年第 16 期）

十万残荷

顾晓蕊

又是一年凛冬到，山寒水瘦。我乘车穿过半座城，去湖边看荷，拍荷。

倘以为那些残荷孤绝、凄冷，尽是凋败景象，倒也不尽然。若单看每一株残荷，纤枝枯瘦，孑然如鹤，但十万残荷，一片连着一片，绵延数里，便显得声势浩荡。

算来，我搬来这座小城已二十余年，体会到残荷之美，却是近几年的事。

在葱绿的年纪，也喜欢荷，只是我那时迷恋的，是亭亭而开的荷，绽于碧波之上。"山有扶苏，隰有荷华。"它从《诗经》中迤逦而来，宛若临水照花的仙子。

犹记得那年，去江南小镇游玩，看上一件旗袍。青绿的锦缎底子，一朵荷盛绽在裙摆处，令人想起苏轼的那句词："一朵芙蕖，开过尚盈盈。"

我虽生得寻常模样，好在有鲜亮的青春底子，一袭玲珑旗袍穿在身，便有了风情，有了味道。想来，那时对荷的喜爱，是沉醉于它浓烈、张扬的美。

走过小半生光阴，再看残荷，终是懂得，当繁华落尽，洗却尘俗，它已抵达至简之境。生活的美，不在于曾经轰轰烈烈，而是归于平淡后，那一份宁静从容。近观株株残荷，或弯曲如弓，或俯于水面，或昂然挺立，无论哪种姿态，都是一幅幅水墨写意。它曾有多妖娆、多盛大，而今就有多苍凉、多萧索。

画坛怪才李老十，独怜残荷，斋号"破荷堂"。他懂荷，惜荷，画荷，与残荷仿若前世的知己，有着灵魂的相通与相惜。他笔下的秋荷、雨荷、风荷、月荷、墨荷，萧索冷峻，独立苍茫，自有一种清净深远的意味。

他有一幅画作《十万残荷》，泅染纸上的十万朵残荷，携着冷瑟的肃杀气息，在你面前铺延开来，充溢着铁马冰河的悲壮。这满目凄荒里，有一种惊心动魄的美。

吴冠中也画残荷，却枯而不朽、凋而不伤，相较而言，我更喜欢他画中的意境。明快简洁的淡墨线条，舒展横斜，虚实有致，勾勒出残荷独有的韵致。

那一茎茎枯荷，萎了，败了，已撑不起昔日的繁华记忆，却又枝叶清朗，筋骨铮铮。一如画家本人所说，想画的已非荷非塘了，而是自己的春秋，自己的风骨。

一代绘画大师齐白石，年近半百才热衷画荷。他笔下的荷，红花墨叶，偶有鸳鸯、蜻蜓、翠鸟点缀其间，热烈、饱满、奔放。即使画的是荷枯藕败，也画面清朗、天真洁净，显现着灵动的气蕴和勃勃的生机。白石老人的作品中，充满禅味禅趣，不贪，不求，不争，不执，如此圆融平和，已达人生至境。

人活到一定年纪，是往回收的。不人云亦云，不随波逐流，也无须讨好任何人，只安心做回自己。以一株残荷的姿态，不攀缘，不依附，在风雨中，站成一道绝美的风景。

张爱玲在《倾城之恋》中写道："你年轻吗？不要紧，过两年就老了。"

还真是如此，仿佛是转瞬之间，青春远去，鬓角白发渐生。

终有一天，我们也将老去。老了，亦无须伤怀，要老得有气韵、有风骨。其实，只要你愿意，依然可以活得优美、精致、高贵，拥有一个气象万千的世界。

（摘自《读者》2019 年第 23 期）

鸟鸣山更幽

骆玉明

一切都会过去，变化的背后仍然是深邃的幽静。

也许，每个人都曾在生活的某个时刻体会过幽静深长的意味。

各种各样的声音在这个世界中响起，喧嚣嘈杂的、清朗悠扬的、气势宏大的、悲切低回的，然后逐一消退。在此起彼落之间，你听到深邃的幽静，莫可名状，令人心动。

换一个角度来说，世界像一个热闹的舞台，各色人物你来我往，推推搡搡。有的自命不凡，踌躇满志；有的身败名裂，灰心丧气。然而一切都会过去，在一切变化的背后仍然是一片深邃的幽静。

我们常说的"安静"，有时指一种单纯的物理意义上的状态：声音愈是低微愈是安静。它也许会让人感到几分寂寞或枯燥，但终究跟人的心情没有太大的关系。

而另一种安静，或者换一个词，幽静，却更富有精神性和情感意味。那是脱离了虚浮的嘈杂之后，面向生命本源和世界本源的一种感受。这种幽静得之于自然，同时也得之于内心，物我在这里并无区分。

在诗歌里如何把它表现出来？最早是南朝的王籍做了尝试。王籍，字文海，在南朝齐、梁两代做过官，诗风学习谢灵运。他的名气不像谢灵运那么大，留下的诗作也很少，但有一首《入若耶溪》非常有名。

> 艅艎何泛泛，
>
> 空水共悠悠。
>
> 阴霞生远岫，
>
> 阳景逐回流。
>
> 蝉噪林逾静，
>
> 鸟鸣山更幽。
>
> 此地动归念，
>
> 长年悲倦游。

若耶溪在今浙江省绍兴市东南，发源于若耶山，沿途汇聚众多溪水后流入鉴湖。诗题"入若耶溪"，表明作者是从城内经过鉴湖进入溪流的。在王籍那个年代，鉴湖和若耶溪相连的水域非常广阔，两岸竹木丰茂，景色优美。

诗中"艅艎"是一种比较大的船，"泛泛"是任意漂荡的样子。王籍是在游览，不是赶路，所以心情很放松。天气也好，眼前的景色显得格外清朗、开阔。所谓"空水共悠悠"，写出天水一色、相互映照，一派辽远恬静的样子，而"悠悠"二字，也体现了心境的清朗和从容。遥望远处的山峰萦绕着淡淡的云霞，近处的阳光伴随着水波的流动而闪耀。这是生动的自然，它有美妙的韵律。

偶然间注意到有些声音响起来。是蝉鸣，是鸟啼，但蝉鸣和鸟啼却更能令人感觉到山林的幽静。说得更确切一些，是把人的灵魂引入山林的幽静，融化在自然的美妙韵律中。这时忽然想到在官场、在俗尘奔波得太久了，如此疲倦，令人忧伤。

"蝉噪林逾静，鸟鸣山更幽"，是中国诗史上不断被人提起的名句。《梁书·王籍传》中特别提到这两句诗，说"当时以为文外独绝"。什么叫"文外独绝"呢？就是在文字之外别有意蕴，奇妙之处，世人不能及。当然，后代类似的写法很多，但在王籍的时代，这样的写法是首创，所以有这两句，王籍足以名垂千古。

一般人分析这两句诗的妙处，总是归纳为"以动写静"，认为这样比单纯地写静更为生动。钱锺书先生在《管锥编》中也说："寂静之幽深者，每以得声音衬托而愈觉其深。"这当然不错，但是还可以追究得更深一些。这首诗里所写的"静"，不是物理意义上的静，而是体现着自然所内蕴的生命力的静，是人心中摒除了虚浮的嘈杂之后才能体悟到的充实莹洁的恬静。这种静自身没有表达的方式，而蝉噪鸟鸣，正是唤起它的媒介——你听到了声音，然后你听到了幽静。

（摘自浙江文艺出版社《诗里特别有禅》一书）

当谢道韫遇上王凝之

戚 速

　　这本是一桩无比匹配、无可挑剔的婚事，不管从哪个角度看，都是令人艳羡的。谢安的侄女谢道韫嫁给了王羲之的次子王凝之，门当户对，天造地设。

　　东晋时期士族如林，其中琅琊王氏和陈郡谢氏，在门阀士族鼎盛之际最为有名，"山阴道上桂花初，王谢风流满晋书"。门阀士族之间的联姻成为政治常态。这两大丞相世家到晋朝灭亡后仍然风光不减，直到梁代枭雄侯景造反时，因前时向二族求婚被拒而怀恨在心，干脆诛灭了二族，致使王谢数代文雅风流人士消亡，于是"旧时王谢堂前燕，飞入寻常百姓家"。

　　是门当户对了，然而，夫妻二人完全是不同世界的人。谢道韫立于灿灿花丛中，白衣飘飘，青丝飞扬，骨子里透出一股淡淡的傲气。才貌俱佳的她，一双杏眼清冷彻骨，一转身一投足，惊才绝世。

　　王凝之却并非一个才华高妙的人，也不是魏晋风流的代表者，而是个被淹没在大众之中的普通人。虽说也喜欢书法，但跟他的弟兄相比，只能算是平庸，观其一生，更是迂腐无比，甚至有些愚蠢。

谢安为这个珍爱的侄女选婿的时候，起初看中的并不是王凝之，而是五子王徽之。王徽之是大名鼎鼎的东晋名士，最脍炙人口的便是他夜咏左思《招隐诗》，忽然想起了戴安道，便趁着大雪前去拜访。但他到其门而不入，只留下几乎堪称魏晋风流之典范的一句话："吾本乘兴而行，兴尽而返，何必见戴？"如此率性，如此飘逸。

但在我看来，谢道韫似乎更喜欢比她小的七子王献之。王献之雅擅风流，很有才气，不过除了书法，谢道韫也应不输于他。魏晋尚清谈，一次王献之与几位文人雅士在家高谈阔论玄理，辩论中竟被友人说得理屈词穷。谢道韫在内室听见了，即遣婢女出去对王献之说："欲为小郎解围。"宾客闻言，满座皆惊。她在屏后接着王献之刚才的论点，与客人继续辩论，讲得条条入理、丝丝入扣，把宾客驳得哑口无言，甘拜下风。其实，谢道韫不仅诗文写得很出色，而且具有很强的思辨能力。谢道韫虽然不想当官，对玄理却有很深的造诣，并善于言谈。

谢安认为王徽之恐怕不是那种过日子的人，王献之又比谢道韫小得多，所以最终选中的是这个有些浑浑噩噩、平常甚至平庸的王凝之。对王凝之来说，幸福来得太突然，娶到如此才情无双的妻子，本就有些糊涂的他，一下子被幸福冲昏了头。

谢道韫嫁过去后，发现王凝之在几个兄弟中才干最弱，对他很不满意，"大薄凝之"。回家省亲时，谢道韫快快不乐。谢安问怎么了，谢道韫怅然道："一门叔父，有阿大、中郎，群从兄弟，有封（谢韶）、胡（谢朗）、羯（谢玄）、末（谢琰），不意天壤中乃有王郎。"意思是我们谢家，从老到少，个个都俊雅不凡、才华出众，没想到天下还有王凝之这样的平庸之辈，委屈之情溢于言表，有种降尊纡贵的感触。谢安知道王凝之的情况，听了也叹息不止。当初他的选择也只能在谢王二族内，要不高攀，要不门当户对，绝不可下嫁其他士族。侄女的婚姻大事她自己没有选择权，都得由他这位长辈按照规矩来安排。

既然木已成舟，谢道韫只能默默接受现实。不过那种跟家人共同品诗的场景难以再现。小时候，叔叔谢安和谢道韫及她的几个堂兄弟在雪天围炉聊天。谢安指着窗外纷纷扬扬的大雪，问："白雪纷纷何所似？"侄儿谢朗接口就说："撒盐空中差可拟。"谢道韫驳道："未若柳絮因风起。"谢安听了抚掌大笑："好一个'柳絮之才'啊。"这一咏雪名句，不久为人所传诵，宋代蒲寿宬《咏史八首·谢道韫》赞曰："当时咏雪句，谁能出其右。雅人有深致，锦心而绣口。此事难效颦，画虎恐类狗。"谢道韫的才气引起了谢安的注意，一次谢安问："《毛诗》何句最佳？"谢道韫回答说："吉甫作诵，穆如清风。"指尹吉甫写的《烝民》之诗，是赞周朝宣王的卿士仲山甫。他帮周宣王成就了中兴之治，诗句清丽，传诵不衰。谢安深有同感，连夸侄女"雅人深致"。

作为才女，谢道韫对王凝之的平庸无能相当失望。也正是王凝之的昏庸给谢道韫带来不幸。由于家族的作用，王凝之受命任会稽内史，过了半年多，遇上海盗孙恩作乱，率兵攻向会稽。王凝之笃信五斗米道，既不调兵，也不设防，而是在厅中设天师神位，每日焚香念经，反复默念道教中无上宝咒，且叩且诵，然后面向东仗剑焚符。别人看了哭笑不得，说他如疯子一般，都急着催促他发兵。他居然说已请诸道祖借来神兵，就是来十万贼兵也不怕。直到孙恩兵快进城了，王凝之才不得已同意出兵，但贼兵已冲了进来。王凝之顾不上谢道韫，带上儿女匆匆外逃，跑了十多里路就被孙恩贼兵抓住杀了。

王凝之死得毫无价值，成了世人的笑柄。只是可怜了谢道韫。那一年她四十多岁，已经做了外婆，城破时她带着三岁的小外孙，率领家中的女眷和仆人边与贼兵搏斗，边逃往城外。但终因寡不敌众，被乱军所俘，送到孙恩面前。孙恩不想杀这位著名的才女，却不肯饶过谢道韫的小外孙。谢道韫毫无惧色，大声叱责孙恩，义正词严，反倒让孙恩不好再下杀手，这才救了小外孙一命。不过谢道韫的三个儿子都在这次兵祸中丧生。中年丧夫丧子，对一个女人来说，实在是很残忍的人生际遇，令人叹息。

孙恩之乱既平，新到太守刘柳拜访谢道韫。事后刘柳常对人说："内史夫人风致高远，词理无滞，诚挚感人，一席谈论，受惠无穷。"《晋书》也称赞谢道韫"神情散朗，有林下风气"。

昏庸无能的丈夫带来的恶果，由她一个人默默地忍受。但她并没有因此而沉沦，而是很坚强地挺过这一关。纵使历经磨难，她的心性也没有发生太多的改变，依然那样优雅、从容，终日以诗书为伴，诲人不倦地为远道而来的莘莘学子传道、授业、解惑，受益之人不计其数，大家都尊称她老师。她余生的岁月，孤独寂寞或许不可避免，但依然是充实而充满书香清韵的。

这场婚姻，对谢道韫来说，如永远看不破的镜花水月，指间烟云世间千年，如你一瞬。

（摘自《读者》2019 年第 23 期）

和钱锺书同学的日子

常 风

一

1929 年，我报考清华大学外国语言文学系，那年外语系招收差不多 40 个学生。等到正式上课前 3 天，我才接到通知，说我被录取了，可以到学校报到。

我第一次碰见钱锺书是在冯友兰先生的逻辑学课上。我们那时上课在旧大楼，教室里都是扶手椅，没有课桌。我进了教室，走到中间靠右的一把椅子上坐下来。后来又进来一位同学，和我一样穿着蓝布大褂，他走到我身边，坐到我右手旁的空座位上。我不知道他是谁。

冯先生河南口音很重，讲课时口吃得厉害，所以记他的笔记很不容易。比如，他讲到亚里士多德时，总是"亚、亚、亚里士多德"。坐在我右边的这位同学忽然从我手里拿过我的笔记本，唰唰地写了起来。我当时有些不高兴，心想这个人怎么这样不懂礼貌呢？可是当时也不便说什么。冯先生讲完课后，这位邻座就把笔记本还给了我，然后他走他的，我走我的。我看了笔记本才发现，他不但记下了冯友兰先生讲的亚里士多德，还把冯先生讲课中的引语、英文书上的原文全都写了下来，这着实让我吃了一惊。

当天下午有人来找与我同宿舍的许振德，来人就是在我笔记本上写笔记的那位同学。老许介绍说，他叫钱锺书，他们俩在同一个英语班上。我和锺书就这样认识了。

钱锺书看见我书桌上放着爱尔兰作家乔治·穆尔写的《一个青年的自白》一书，很惊讶地问："你看这本书吗?"我说："以前看过郁达夫介绍这本书，所以来到清华后就到图书馆借了出来。"就这样，我们俩聊了起来。这就是我与钱锺书友谊的开始。

我们俩是同年出生，生日也很相近。但他的博学多才与勤奋，是我望尘莫及的。

那年入学时，清华大兴土木。除了扩建图书馆，还建化学馆、生物馆，到处都在盖房子。同时又新盖了一栋学生宿舍楼，叫新大楼。寒假快完时，大楼基本竣工了。一年级第二学期开学后，我们搬进了新宿舍。我当时住在一楼朝阳的房间，与从山西一同考入清华的中学同学康维清分到一室，宿舍后边即为食堂。锺书住在二楼左翼的房间。他的同乡曹颙虞住在我对面的房间。他常到楼下我对面的房间找同乡，所以也就常来我宿舍。因为我这儿离食堂最近，锺书亦常来找我一块儿去食堂吃饭。

我的书桌上总放着许多书和笔墨。锺书来了以后喜欢乱转、乱翻书，看我这儿有鲁迅先生著的《小说旧闻钞》，他就提笔在封面上用篆字写了书名，又在扉页上用正楷写了书名。这时我才发现他的书法很有功力。

锺书的性格很是孩子气。他常常写个小字条差工友给我送下来，有时塞进门缝里，内容多为戏谑性的，我也并不跟他较真儿。

后来，我宿舍对面房间的一位同学搬走，锺书就搬下来与他的老乡在同一宿舍住下来。我们经常能听到他与这位老乡吵嘴。吵完后，他又嘻嘻哈哈的，那位老乡也很宽容，并不跟他翻脸。

二

"九一八"以后，淞沪抗战开始，日军侵入上海。苏州东吴大学等校停课，许多学生转入北京各大学继续上学。我们班有位女同学名叫蒋恩钿，是苏州人。她比较活泼，见了大家总是笑嘻嘻的。那时，女同学一般很少跟男同学说话，她是见谁都说话。有一天，她带来一位女伴。锺书告诉我那个女同学是从东吴大学来的，和蒋恩钿是中学同学，现在就住在蒋恩钿的房间里。这位女同学后来跟我们在一个班上课，她就是杨季康。她要补习法语。蒋恩钿介绍钱锺书给杨季康补课，他们俩就有了交往。

锺书用英文写了一篇《论实验主义》的论文。我当时正在练习打字，他就要我替他把文章打出来。哲学系给高年级学生开讨论会，教师和学生都参加。每次开会时冯友兰院长都派他的秘书李先生来请锺书参加。每次开完会，锺书都十分得意，因为他总是"舌战群儒"，每战必胜。他告诉我开会时的情况，什么人发言，他跟什么人辩论了。就我所知，享受这份殊荣的，只有锺书一人。

锺书搬到曹觐虞房间后，我才对他的读书方法有所了解。他是一个礼拜读中文书，一个礼拜读英文书。每到礼拜六，他就把读过的书整理好，写笔记，然后抱上一大堆书到图书馆去还，再抱一堆回来。他的中文笔记是用学校印的十六开毛边纸直行簿记，读外文书的笔记是用一般的练习本记的。他一直都是这样的习惯，看完书立即写笔记。他的大作《谈艺录》和《管锥编》都是在这个时期就打了基础的。

三

1932 年的一天，许振德找了一位他熟悉的人来给我们 3 个人照了一张相，那是我们 3 个人在一起的唯一一张合影。

1933 年春假的一个下午，许振德来找我们一块儿去逛颐和园。我们步行到了颐和园，看见有几头毛驴。许振德说："咱们骑毛驴去碧云寺逛逛吧。"锺书和我都没骑过毛驴，我们俩战战兢兢地骑上去，由驴夫牵着到了碧云寺。在碧云寺转了一小圈，老许提议去香山玩，于是我们就顺便游了香山。还想到八大处，可是到了卧佛寺，时间已经不早了，就又返回香山。在香山到处乱转了一下，走到香山大饭店，老许说："咱们今天浪漫一下吧！"就去香山饭店住了一夜。那时候好像在香山饭店住一个大房间只要两块钱，但是要吃饭，3 个人带的钱就不够了，只好每人花两毛钱吃了一碗面条。这就是我们唯一一次在北京的旅游。老许说："咱们够浪漫了。"又戏称我们是"三剑客"。大概是头一年才看了《三剑客》的电影，因此想起了这个绰号。以后老许就经常提起"三剑客"，也常提起香山的那个浪漫之夜。回首往事，过去已近 70 年了，老许也已经去世十几年了。1982 年他从美国回来约我到北京聚会，我因得请一个礼拜假，而老许只能在北京待几天，所以没有去成。老许到北京本来想重温香山浪漫之游的梦，也落空了。锺书请他吃了一顿饭，他还有许多其他应酬，也没再见面就走了。

1932 年 5 月初，学校里忽然召开紧急大会，说"梅校长有重要报告"。会上，梅校长说："接到上级的紧急通知，昨日我国和日本的谈判已经破裂，决定打仗。跟日本人在北平打仗，我们要坚守北平，所以学校要停课疏散学生。"于是，散会之后，新大楼宿舍外突然间来了许多小汽车和三轮车，大家就纷纷离校了。后来才知道这原来是国民党政府的一个骗局，他们害怕大学生反对卖国的《何梅协定》，闹学潮。

我的大学生活就这样在动乱中马马虎虎地结束了。我们的毕业很凄凉，连毕业典礼都没举行，大家就作鸟兽散了。我与钱锺书朝夕相处的日子就这样一去不复返了。

（摘自《读者》2018 年第 1 期）

幽默的境界

余光中

　　据说秦始皇有一次想把他的范围扩大，大得东到函谷关，西到今天的宝鸡。宫中的弄臣优旃说："妙极了！多放些动物在里面吧。要是敌人从东边打过来，只要教麋鹿用角去抵抗，就够了。"秦始皇听了，就把这计划搁了下来。这么看来，幽默实在是荒谬的解药。委婉的幽默，顺着荒谬的逻辑夸张下去，往往能使人领悟荒谬的后果。西方有一句谚语，大意是说：解释是幽默的致命伤，正如幽默是浪漫的致命伤。虚张声势，故作姿态的浪漫，也是荒谬的一种。荒谬的解药有二：第一是坦白指摘，第二是委婉讽喻。幽默属于后者。什么时候该用前者，什么时候该用后者，要看施者的心情和受者的悟性。心情好，婉说；心情坏，直说。对聪明人婉说，对笨人只有直说。用幽默感来评人的等级，有三等。第一等有幽默的天赋，能在荒谬里觑见幽默；第二等虽不能创造幽默，却多少能领略别人的幽默；第三等连领略也无能力。第一等是先知先觉，第二等是后知后觉，第三等是不知不觉。第三等人虽然没有幽默感，但对幽默仍然很有贡献，因为他们虽然不能创造幽默，却能创造荒谬。晋惠帝的一句"何不食肉糜？"惹中国人嗤笑了一千多年。妄人往往在不自知的情况下，牺牲自己，成全别人，成全别人的幽默。

幽默不等于尖刻，幽默针对的不是荒谬的人，而是荒谬本身。高度的幽默往往源自高度的严肃，不能和杀气、怨气混为一谈。不少人误认尖酸刻薄为幽默，事实上，刀光剑影中只有恨，并无幽默。幽默是一个心热手冷的开刀医生，他要杀的是病，不是病人。

高度的幽默是一种讲究含蓄的艺术，暗示性愈强，艺术性也就愈高。不过暗示性强了，对于听者或读者的悟性，要求也自然增高。幽默也是一种天才，说幽默的人灵光一闪，锦心绣口，听幽默的人反应也要敏捷，才能接个正着。这种场合，听者的悟性接近禅的"顿悟"；高度的幽默里面，应该隐隐含有禅机一类的东西。如果说者言语妙天下，听者一脸茫然，竟要说者加以解释或者再说一遍，岂不是天下最扫兴的事情？所以说，"解释是幽默的致命伤"。世界上有两种话必须一听就懂，因为它们不堪重复：第一是幽默的话，第二是恭维的话。

其他的东西往往有竞争性，但幽默若要竞争，岂不令人啼笑皆非？幽默不是一门三学分的学问，不能力学，只可自通，所以"幽默专家"或"幽默博士"是荒谬的。幽默不堪公式化，更不堪职业化，所以笑匠是悲哀的。一心一意要逗人发笑，别人的娱乐成了自己的责任，那该多么紧张？自生自发、无为而为的一点谐趣，竟像一座发电厂那样日夜供电，天机沦为人力，有多乏味？就算权位升高，因幽默而成为大师，也未免太不够幽默了吧。文坛常有论争，唯"谐坛"不可论争。如果有一个"幽默协会"，会员为了竞选"幽默理事"而打起架来，那将是世界上最大的荒唐，不，最大的幽默。

（摘自《读者》2017 年第 7 期）

从容笑看风景

百 合

伊能静曾经憧憬过自己 70 岁时的样子："造一座房子，养着一批文艺青年，笑着看年轻的孩子砸碎我最贵的茶杯。"

这说的不就是《红楼梦》里的贾母嘛！

贾母本系"阿房宫，三百里，住不下金陵一个史"的世勋史侯家大小姐，强强联姻嫁给贾府荣国公之子，身家深不可测。贾府财务青黄不接时，贾琏就央求鸳鸯："暂且把老太太查不着的金银家伙偷着运出一箱子来，暂押千数两银子支腾过去。"窥此一斑，老太太有多少个人财产就可想而知了。

凤姐成天耀武扬威，因经常应付宫里的事，自觉很不含糊，又很以自己的出身为荣，认为但凡是王家的东西都比贾家的强。可如此牛的一个人，一到老太太面前就成了"土鳖"。有一天开库房，她看见大板箱里还有好些她没见过的"蝉翼纱"，便打算拿它来做被子。不料贾母听了笑道："呸，人人都说你没有不经过不见过，连这个纱还不认得呢，明儿还说嘴。"

且听老太太缓缓道来："那个纱，比你们的年纪还大呢。"这句话，就像一口斑驳的樟木箱子被掀开，香气陈旧而醒神。众人禁不住肃然聆听，仿佛在月光下围坐着听老祖母讲故事。

原来这纱的正经名字叫软烟罗，有四种颜色。但是老太太讲起来却带着沧桑华丽的年代感："一样雨过天青，一样秋香色，一样松绿的，一样就是银红的……那银红的又叫作霞影纱。如今上用的府纱也没有这样软厚轻密的了。"然后就吩咐道：银红的给外孙女糊窗子，青色的找两匹送穷亲戚刘姥姥，剩下的给丫头们做工衣，因为"白收着霉坏了"。凤姐眼里那么好的东西，就被老太太口气清淡地处理了。

对待物质的态度就应当如此——既不当败家子，也不做守财奴，不拘形式，物尽其用就是。凤姐不识软烟罗，也在暗示贾府"青山遮不住"的颓势，而贾母的做法正蕴含着顺天而行的智慧：面对必将逝去的辉煌，得放手时须放手。

物质上的丰饶会纵出骄奢之风，同样也会养出高雅之气，贾母属于后者。

在衣食住行的诸多生活细节上，贾母处处彰显着非同一般的品位。刘姥姥二进贾府时，众人随贾母畅游大观园，恍似上了一堂关于庭院家居艺术的课。贾母像一个渊博的老教授，一路走一路闲谈，句句精辟，字字珠玑。

在林黛玉的潇湘馆，她看到绿窗纱旧了，也不满意院中花木与窗纱的配色，便提点王夫人换窗纱：这个院子里又没有个桃杏树，竹子已是绿的，再糊上这绿纱真是不配。没有桃杏树，意味着缺少粉红烂漫的花朵，换上银红霞影纱，正可弥补。这真是神来之笔，在满眼翠绿中，有几帧柔柔的粉色做点缀，于幽静中又多了柔美，很符合林黛玉的气质。

在探春房中，贾母隔着纱窗看后院，说后廊檐下的梧桐不错，就是细了点。如果把纱窗看作画框，后院的风景就是一幅画，中国画构图讲究疏密与繁略，梧桐树太细，可能会留白太多，或者主宾不明，使整体观感受到影响。贾母对美的感知和鉴赏已经完全渗透在她的血液中，观景如赏画，完全是下意识地看出了美中不足。

到了宝钗的住处，众人惊诧于宝钗居室的寒素，一问方知是宝钗不喜陈设。贾母便送给宝钗四样大方素净的东西：石头盆景、纱桌屏、墨烟冻石鼎、水墨字画白绫帐子。全部以黑白色调为主，高雅而低调的风格与宝钗的脾性很搭。

贾母的艺术天分还远不止于此。

听戏。她会别出心裁地隔着水听，因为"借着水音更好听"，让乐声穿林渡水，缓冲过滤后，少了聒噪，多了纯净。

品茶。除了一早声明不喝六安茶，她还会特意询问用的是什么水，知是雨水才品了半盏，很是内行。

中秋赏月。她说："赏月在山上最好。"便领全家到山脊上的大厅里去。的确，山顶视野开阔，无所遮挡地望月，最是阔朗明净。

月至中天，她又说："如此好月，不可不闻笛。""长沟流月去无声。杏花疏影里，吹笛到天明。"她深谙笛声和月色本是标配的门道。

当乐工们前来时，贾母让他们远远地吹起来。明月清风，天空地净，笛声呜咽悠扬，从远处的桂花树下传来，众人万念俱消，忘我地沉浸其中。大家都称跟着老太太玩儿长见识，老太太却说："这还不大好，须得拣那曲谱越慢的吹来越好。"

她会倚老卖老地对客人们说："恕我老了，骨头疼，放肆，容我歪着相陪罢。"自己歪在榻上，让琥珀拿着美人拳捶腿，一副傲娇相。却在下雪天玩兴大发，不顾年高，瞒着王熙凤私自跑出来赏雪，"围了大斗篷，带着灰鼠暖兜，坐着小竹轿，打着青绸油伞，鸳鸯、琥珀等五六个丫鬟，每人都是打着伞，拥轿而来"。如此出场，画面感十足，又气派又文艺。

大家都说老祖宗有福，她也时时在积福。她的积福方式是"施"：施财、施物、施爱心。

款待刘姥姥时，凤姐拿刘姥姥取笑，贾母一再制止，对刘姥姥的"小尾巴"板儿也是照顾有加。

元宵夜听戏，她会叫戏子们歇歇："小孩子们可怜见的，也给他们些滚汤滚菜的吃了再唱。"

贫寒之家的喜鸾、四姐儿在贾府小住时，她专门吩咐手下婆子："到园里各处女人们跟前嘱咐嘱咐，留下的喜姐儿和四姐儿虽然穷，也和家里的姑娘们是一样，大家照看经心些。我知道咱们家的男男女女都是'一个富贵心，两只体面眼'，未必把他两个放在眼里。有人小看了他们，我听见可不依。"

在清虚观，一个小道士不小心撞了凤姐，被气焰嚣张的凤姐一个耳刮子打得栽倒在地，在一片"打打打"声中连滚带爬。贾母听到了，说："快带了那孩子来，别唬着他。小门小户的孩子，都是娇生惯养的，那里见的这个势派。倘或唬着他，倒怪可怜见的，他老子娘岂不疼的慌?"贾母叫他别怕，还吩咐给点钱让他买零食吃，千万别难为孩子。

如果不是家族发生变故，贾母会稳稳当当颐养天年直至寿终正寝，可惜贾家一朝败落。覆巢之下岂有完卵，贾府人人自危。这时，已过耄耋之年的贾母站了出来。

高鹗这一节续得十分出彩。被抄家后，她开箱倒笼，将自己一生的积蓄财产都拿了出来，让贾家渡过难关：你们别以为我是享得富贵受不得贫穷的人，家里外头好看内里虚，我早就知道。如今家里出事正好收敛整顿家风，大家要齐心协力重振家门。这让人觉得，只要有老祖宗这个定盘星在，这个家的气就不会散。

每一个年老的妇人昔日都是妙龄少女，在走向衰老的必经之路上，美貌、健康乃至财富都会被岁月一点点勒索殆尽。有些东西终将逝去，不如和岁月做一场交易，用它们换取睿智、仁慈、勇于担当等宝贵的品质。这样，变老便不再可怕，而成为在人生的河流上从容笑看风景的一次航行。

（摘自《读者》2017 年第 8 期）

泰山很大

汪曾祺

泰山很大。

"泰"即"太","太"的本字是"大"。段玉裁以为太是后起的俗字，太字下面的一点是后人加上去的。甲骨文、金文中的大字下面如果加上一点，也不成个样子，很容易让人误解，以为是表示人体的某个器官。

因此描写泰山是很困难的。它太大了，写起来没有抓挠。三千年来，写泰山的诗里最好的，我以为是《诗经》中的《鲁颂》："泰山岩岩，鲁邦所詹。""岩岩"究竟是一种什么感觉，很难捉摸，但是登上泰山，似乎可以体会到泰山是有那么一股劲儿的。"詹"即"瞻"，是说在鲁国，不论在哪里，抬起头来就能看到泰山。这是写实，然而写出了一个大境界。汉武帝登泰山封禅，对着泰山简直不知道怎么形容才好，只好发出一连串的感叹："高矣！极矣！大矣！特矣！壮矣！赫矣！骇矣！惑矣！"完全没说出个所以然。这倒也是一种办法。人到了超出经验的景色面前，往往找不到合适的语言，就只好狗一样地乱叫。杜甫的《望岳》，自是绝唱，"岱宗夫如何，齐鲁青未了"，一句话就把泰山概括了。杜甫真是一个深受儒家思想影响的伟大的现实主义者，这一句诗表现了他对祖国山河无比的忠悃。相比之下，李白的"天门一长啸，万里清风来"，就有点"洒狗血"。李白写了很多好诗，很有气势，但有时底气不足，便只好洒狗血，装疯。他写泰山的几首诗都让人有底气不足之感。杜甫的诗当然受了《鲁颂》的影响，"齐鲁青未了"，当自"鲁邦所詹"而出。张岱说"泰山元气浑厚，绝不以玲珑小巧示人"，这话是说得对的。大概写泰山，只能从宏观处着笔。郦道元写三峡可以取法。柳宗元的《永州八记》刻琢精深，以其法写泰山即不大适用。

写风景，是和个人气质有关的。徐志摩写泰山日出，用了那么多华丽鲜明的颜色，真是"浓得化不开"。但我有点怀疑，这是写泰山日出，还是写徐志摩？我想周作人就不会这样写。周作人大概就不会去写日出。

我是写不了泰山的，因为泰山太大，我对泰山不能认同。我与一切伟大的东西总有点格格不入。我十年间两登泰山，但彼此可谓了不相干。泰山既不能进入我的内部，我也不能外化为泰山。山自山，我自我，不能达到物我合一，使山即是我，我即是山。泰山是强者之山——我自以为这个提法很合适，我不是强者，不论是登山还是处世。我是生长在水边的人，一个平常的、平和的人。我已经过了七十岁，对于高山，只好仰止。我是个安于竹篱茅舍、小桥流水的人，以惯写小桥流水之笔而写高大雄奇之山，殆矣。人贵有自知之明，不要"小鸡吃绿豆——强努"。

同样，我对一切伟大人物也只能以常人视之。泰山的出名，一半由于封禅。封禅史上最突出的两个人物是秦皇汉武。唐玄宗作《纪泰山铭》，文辞华缛而空洞无物。宋真宗更是个沐猴而冠的小丑。对于秦始皇，我对他统一中国的丰功不大感兴趣。他是不是"千古一帝"，与我无关。我只从人的角度来看他，对他的"蜂目豺声"印象很深。我认为汉武帝是个极不正常的人，是个妄想型精神病患者，一个变态心理的难得的标本。这两位大人物的封禅，可以说是他们对自我人格的夸大。看起来，这两位伟大人物的封禅实际上都不怎么样。秦始皇上山，上到一半，遇到暴风雨，吓得退下来了。按照秦始皇的性格，暴风雨算什么呢？他横下心来，是可以不顾一切地上到山顶的。然而他害怕了，退下来了。由此可以看出，伟大人物也有虚弱的一面。汉武帝要封禅，召集群臣讨论封禅的制度。因无旧典可循，大家七嘴八舌瞎说一气。汉武帝恼了，自己规定照祭东皇太乙的仪式来。上山了，却谁也不让同去，只带了霍去病的儿子。霍去病的儿子不久即暴病而死，死因很可疑。于是，汉武帝究竟在山顶上鼓捣了什么名堂，谁也不知道。封禅是大典，为什么要这样保密？看来汉武帝心里也有鬼，很怕他的那一套名堂并不灵验，为人所讥。

但是，又一次登上泰山，看了秦刻石和无字碑（无字碑是一个了不起的杰作），在乱云密雾中坐下来，冷静地想想后，我的心态就比较透亮了。我承认泰山很雄伟，尽管我和它不能水乳交融，打成一片。我承认伟大的人物确实是伟大的，尽管他们所做的许多事不近人情。他们是人里头的强者，这是毫无疑问的事。在山上待了七天，我对名山大川、伟大人物的偏激情绪有所平息。同时我也更清楚地认识到我的微小、我的平常，更进一步安于微小、安于平常。

这是我在泰山受到的一次教育。

从某种意义上说，泰山是一面镜子，照出每个人的价值。

（摘自作家出版社《草木春秋》一书）

闲话闲说
阿 城

1

　　我上初中的时候，学校组织学生去鲁迅博物馆参观。讲解员说，鲁迅先生的木箱打开可以当书柜，合住马上就能带着书走；另有一只网篮，也是为了装随时要带走的细软。

　　我寻思，这"硬骨头"鲁迅为什么老要走呢？看了其生平介绍，我大体明白了，鲁迅在后半生里经常需要逃跑，以保全可以思考的肉体。北京、厦门、广州、上海，各租界，中国还真有地方可避，让鲁迅这个文化伟人钻了空子。

　　不过这也可能与鲁迅属蛇有关系。蛇是很机敏的，它的眼睛只能感受明暗，却能靠腹部觉出危险临近而躲开。所谓"打草惊蛇"，就是行路时主动将危险信号传递给蛇，通知它离开。蛇若发起攻击，快而且稳、准、狠，"绝不饶恕"。

1984 年我和几个朋友离职到社会上搞私人公司，当时允许搞个体户了，我也想透口气。其中一个朋友，回家被 50 年代就离休的父亲骂，说老子当年脑瓜别在裤腰带上为你们打下个新中国，你还要什么？你还自由得没边了？

我这个朋友还嘴说，您当年不满意国民党，您可以跑江西跑陕北，我现在不就是做个小买卖，自由什么了？

我听了真觉得是掷地有声。

我从七八岁起就时常处于进退不得的境地，其中的尴尬，想起来也真是有意思。长大一些之后，我就一直琢磨为什么退不了，为什么无处退。当时自己幼小无知，当然琢磨不清。

其实很简单，就是没有一个可以自为的世俗空间。

2

于是就来说这个世俗。

以平常心论，所谓中国文化，我想基本是世俗文化。

老庄孔孟的哲学，都是老人做的哲学，我们后人讲究少年老成，与此有关。只是比较起来，老庄孔孟的时代年轻，所以哲学显得有元气。

耶稣基督 30 来岁时殉难，所以基督教富有青年精神。若基督是 50 岁殉难，基督教恐怕不会是现在这个样子。

我们若是大略了解一些商周甲骨文的内容，可能会有一些想法。那里面基本是在问非常实际的问题。比如牛跑了，什么意思，回不回得来？女人怀孕了，会难产吗？问得极其虔诚，积了那么多牛骨头、乌龟壳，就是不谈玄虚。早于商代甲骨文的古埃及文明的象形文字，则有涉及哲学的部分。

甲骨文记录的算是中国"世俗"观的早期吧？当然那时还没有"中国"这个概念。至于哲学见于文字，则是在后来周代的春秋战国时期。

我到意大利去看庞贝遗址。公元 79 年 8 月，维苏威火山爆发，灼热的火山灰埋了当时有 800 年历史的庞贝城，也将庞贝城图书馆里的泥板书烧结在一起。

自 1748 年发掘庞贝以后，不少人对这些泥板古书感兴趣，苦于拆不开。我的一位意大利朋友的祖上找到一个拆解的办法。

我于是问这个朋友，书里写的什么？朋友说，全部是哲学。吓了我一跳。

3

道家，与兵家渊源颇深，一部《道德经》，的确讲到哲学，但大部分是讲治理世俗。"治大国若烹小鲜"，煎小鱼儿如果常翻动就会烂不成形。社会理想则是"甘其食，美其服，安其居，乐其俗"，衣、食、住都要好。"行"呢，因为"老死不相往来"，所以不提，但要有"世俗"可享乐。

"无为而无不为"，我看这是道家的精髓。"无为"是讲在规律面前，只能无为，热铁别摸。可知道了规律，就能无不为，你可以用铲子、用夹子，总之你可以动热铁了，"无不为"。后来的读书人专讲"无为"，是为了解决自己的困境，只是越讲越酸。

《棋王》里捡烂纸的老头儿也是在讲"无不为"，后来那个老者满嘴道禅，有点儿世俗经验的人都知道那是在虚捧年轻人，其实就是为遮自己的面子。这是中国人常用的世俗招法，"中华之道"。

道家的"道"，是不以人的意志为转移的自然秩序，所谓"天地不仁"。符合这个秩序，是为"德"；违犯这个秩序，就是"非德"。

4

儒家呢，一本《论语》，孔子以"仁"讲"礼"，想解决的是权力质量的问题。说实在的，"礼"是制度决定一切的意思，但"礼"要体现"仁"。《孟子》是苦口婆心，但是倾向好人政府，是政协委员的口气。

孔、孟其实是很不一样的，不必摆在一起，摆在一起，被误会的是孔子。将孔子与历代儒家摆在一起，被误会的总是孔子。

我个人是喜欢孔子的，起码喜欢他是个体力极好的人。我们现在开汽车，等于是在高速公路上坐沙发，超过两个小时都有点累。孔子当年是乘牛车、握轼木周游列国，我是不敢和他握手的，一定会被捏痛。

平心而论，孔子不是哲学家，而是思想家。传说孔子见老子，说老子是云端的青龙，这意思应该是说，老子讲的是形而上的东西，也就是哲学。

孔子是非常清晰实际的思想家，有活力、肯担当，并不迂腐。迂腐的是后来人。

后世将孔子立为圣人而不是英雄，有道理。因为圣人就是俗人的典范、样板，可学。

英雄是不可学的，是世俗的心中"魔"，《水浒传》就是在讲这个。说"天下大乱，群雄并起"，其实常常是"群雄并起，天下大乱"。历代尊孔，就是怕天下乱，治世用儒，也是这个道理。

儒家的实用性，由此可见。

孔子说"未知生，焉知死"，有点形而上的意思了。其实是要落实"生"，所以"未能事人，焉能事鬼"。这态度真是好，不像老子有心术。现在老百姓说"死都不怕，还怕活吗"，到底时代不一样了。

接下来，我们不妨从非儒家的角度来聊聊孔子这个人。

儒家的"道"，由远古的血缘秩序而来，本是朴素的优生规定，所以中国人分辨血缘秩序的称谓非常详细。"五服"之外才可通婚，乱伦是大罪过，"伦"就是"道"。

之后将血缘秩序对应到政治秩序上去，所以"父子"对"君臣"。父子既不能乱，君臣也就不许乱了。符合这种"道"，是为"德"；破坏这种秩序，就是"非德"。

人们常说的"大逆不道"，"逆"就是逆秩序而行，当然也就"不道"。同乱伦一样，都是首罪。

"道貌岸然"，说的是你在秩序位置上的样子，像河岸一样不可移动错位。科长不可摆出局长的样子来。

所以儒家的"道"，可以用"礼"来俗说。我们现在讲待人要有礼貌，本义是说对方处在秩序中的什么位置，自己就要做出相应的样貌来，所谓"礼上"的貌。上级对下级的面无表情，下级对上级的逢迎，你看着不舒服，其实是"礼貌"。

（摘自作家出版社《闲话闲说》一书）

语言的力量

关山远

　　大唐玄宗年间，书生崔怀宝在踏青时邂逅宫廷第一弹筝高手薛琼琼，心生爱意，作词一首，托人献给美女。美女瞬间被打动，毅然与崔怀宝私奔了。这首词写的是："平生愿，愿作乐中筝。得近玉人纤手子，砑罗裙上放娇声，便死也为荣。"有些类似当代王洛宾那首《在那遥远的地方》，为了跟美人在一起，愿意变作一张筝，或者一只小羊。

　　人跟人真的不一样：有的人，几十年稀里糊涂、神经粗大，拥有渡边淳一所说的钝感力；有的人，一生精明，目标确定后，唯恐走错一步路、说错一句话。但是，总有一句话能够击中一个人的心，即使这颗心再粗糙，也会被语言找到缝隙，直抵内心柔软处。

　　公元 505 年，一介武夫陈伯之居然被一段话打动，率八千人归降。这段话很著名："暮春三月，江南草长，杂花生树，群莺乱飞。"当时是南北朝的混乱岁月，南朝梁武帝派兵北伐，与北魏大将陈伯之对峙。陈伯之本是南方人，后来叛逃到北边。眼看血战在即，南朝遂安排丘迟写信招降。丘迟以文采著称，写就一篇《与陈伯之书》，没多久，陈伯之就投降了。史载，他被信中描写南方风物的那 16 个字深深打动了。

陈伯之恶少出身，小时候身上总带把刀，四处游荡，看到别人家的稻子成熟了，就偷偷去割。稻田主人发现后，斥责他："小孩子不要动我的稻子！"陈伯之无赖地回答："你的稻子这么多，割一担有什么要紧？"稻田主人准备捉住他，陈伯之就亮出刀子，作势欲刺，说："小孩子就是这样！"稻田主人被吓跑了，于是他慢慢挑着稻谷回家。长大后，他做了强盗，后来从军，打仗勇敢，慢慢混出头了，却还是流氓无赖的底子。但就是这样一个人，也会被一段充满文采的话彻底打动，诚如法国大文豪雨果所说："语言就是力量。"

中国的春秋战国时代，有一群把语言的力量发挥到极致的牛人，靠三寸不烂之舌混成了高级干部。他们的职业叫"说客"，周游列国，跟君王聊天，或劝进军，或劝退兵，往往都能奏效。这种聊天是卓有成效的，说客们可不是陈胜、刘邦、朱元璋面前的农民，他们都是出色的演说家、外交官、心理大师兼表演艺术家，直接影响当时的风云变幻。

有个叫唐雎的牛人，被安陵君派遣出使秦国。安陵国是个小国，秦国久怀觊觎之心，企图威逼利诱，不战而得。秦王面对唐雎，完全不把对方放在眼里，一派你不配跟我聊天的架势，威胁要出兵灭掉安陵国。唐雎怒了，发表了一段著名的演讲："此庸夫之怒也，非士之怒也。夫专诸之刺王僚也，彗星袭月；聂政之刺韩傀也，白虹贯日；要离之刺庆忌也，苍鹰击于殿上。此三子者，皆布衣之士也，怀怒未发，休祲降于天，与臣而将四矣。若士必怒，伏尸二人，流血五步，天下缟素，今日是也。"

这一番话，排山倒海，气势逼人，把秦王给镇住了。类似唐雎这样的人，还有很多。所以刘勰在其名著《文心雕龙》里这样感叹："一人之辩重于九鼎之宝，三寸之舌强于百万之师。"

值得一提的是，唐雎跟秦王并非文绉绉地聊天，他连珠炮一般地向秦王抛出一串排比句时，还辅以"挺剑而起"的动作，秦王心慌了。

聊天的环境很重要。情人在彩霞满天的海边求爱，自然比在嘈杂的菜市场里成功率要高得多。后人考证过，陈伯之是个文盲，他不识字，又怎么会被"暮春三月，江南草长，杂花生树，群莺乱飞"所打动呢？原因是：给他读信的人读得声情并茂。古人讲究声律，苏东坡曾说过："三分诗，七分读耳。"关于聊天，后人更精确地总结出一个著名的公式：信息沟通效果=7%的言词+38%的语音语调+55%的表情动作。遥想当年，应该是南北朝最著名的主播，酝酿了半天感情后，抑扬顿挫，热泪盈眶，在陈伯之面前念了那封信。

（摘自《读者》2017 年第 11 期）

细雨灯花落

琦 君

在上海念大学时，中文系每月至少有两次雅集，饮酒时常常行"飞花令"。就是行酒令的人饮一口酒，先念一句诗或词，不论是自己作的，还是古人现成句，必定得包含一个"花"字；挨着个儿向右点，点到谁是"花"字，谁就得饮酒；饮后，再由饮者接下去吟一句，再向下点，非常紧凑、有趣。上的每一道菜，我们也时常以诗词来比配象征。例如明明是香酥鸭，看那干干黑黑的样子，却说它是"枯藤老树昏鸦"。端上一大碗比较清淡的汤，就念道："吹皱一池春水，干卿底事也。"遇到颜色漂亮的菜，那句子就更多了，"碧云天，黄花地"啦，"故作小红桃杏色"啦，"桃花柳絮满江城"啦。有一位男同学，脑筋快，诗词背得又多，他所比的都格外巧妙。记得有一道用来夹烧饼的黄花菜炒蛋，下面垫的是粉丝，他立刻说"花底离愁三月雨"，把缕缕粉丝比作细雨，非常妙。他胃口很好，有一次把一只肥肥的红焖鸭拖到自己面前说："我是'斗鸭阑干独倚'。"引得全体拊掌大笑。

他跟一位女同学倾心相恋，在行酒令时，女同学念了一句"细雨灯花落"，那个"花"字刚好点到他。原来，这句正是他所作《水调歌头》的最后两句："细雨灯花落，泪眼若为容。"这位男同学性格一向豪放，不知为什么，忽然"泪眼若为容"起来。他们二人相视而笑，我们也深深体会到，爱情总是带着泪花的。

记得有一次，几个人在咖啡厅里小聚，桌上摆着一盘什锦水果，中间有几颗樱桃。这位女同学就念道："留将颜色慰多情。分明千点泪，贮作玉壶冰。"眼睛望着她的心上人嫣然一笑。这首《临江仙》的作者是多情的纳兰性德，最后几句是："感卿珍重报流莺。惜花须自爱，休只为花疼。"尽现古典诗词含蓄之美，两人惺惺相惜，只需彼此唱和，而浓情蜜意，尽在不言中了。

遗憾的是，这一对有情人并未成眷属，战乱使他们各奔东西。"惜花须自爱，休只为花疼"，终成谶语。

古人有"剪烛夜谈"的情趣。现在都是电灯，即使有蜡烛，也没有那种能开出烛花的灯草烛芯；即使有那种灯草烛芯，也没有那份"剪烛夜谈"的闲情逸致。因此，一想起"灯花"，一想起"细雨灯花落"，连我也不禁要"泪眼若为容"了。

（摘自江苏凤凰文艺出版社《爱与孤独》一书）

生命的拼图

潘向黎

最近几个月，我基本处于闭门不出的状态。忙得焦头烂额，加上身体不好，于是下了决心：哪儿都不去，谁都不见。因为即使勉强去了，见了，整个人也是"形不散而神散"，对别人不礼貌。

从父母那里传来消息：父亲的一位老朋友要来。这位伯伯姓吴，是我们的同乡，又是父亲大学时代的好朋友，20世纪70年代末去了香港，从此很少见面。这次他偕夫人回内地，先到上海，再回福建老家。我心想，可惜我不能见了。

吴伯伯来了，不住宾馆，就住在我父母家里。第二天，妈妈给我来电话，说："他们想见你，你不能来吗？"我说："不能。找个时间通一个电话好了。"

第三天，妈妈又来电话，说："你吴伯伯还是想见你。他说当年他去香港的时候，你放了学赶来送他，但是没有赶上。他从车窗里看到你失望的样子，这么多年一直没有忘记，所以很想见见你。"

我愣了一会儿，然后说："我明天回家见他们。"

我不记得他说的那一幕了，甚至不记得我去送过他。但是我知道那是真的，因为当时我确实在泉州读书，所以他没有记错。那真的发生过，而且被一个人在心里记了那么多年。于是，所有闭门谢客的理由都融化了。

打车回了父母家，客人去浦东参观还没有回来。等了几个小时之后，才见到他们。吴伯伯的轮廓没有大变，只有头发和体态泄露了岁月的秘密。伯母不复我童年记忆中天仙美女的模样，但是有着这个年纪的上海女人少有的单纯的笑容。吴伯伯看了我一会儿，说："你没有变，如果在路上遇到，我会认出你。"我想：是不是他曾经想象过我们在街头的人流中偶然相遇？

提起当年的那一幕，吴伯伯说："那时候，你在泉州北门读书，放学以后赶到华侨大厦门口送我，车已经开了。你远远跑过来，看见车开了，很失望，几乎要哭出来。那个样子我一直记得，这么多年一直记得。"之所以记得，不仅仅因为当年的我是一个小小的孩子，也不仅因为我是他好朋友的女儿，而是在一个离开家乡的人心中，我的面容和他对家乡的最后一瞥重叠在一起。

而当年，我是那么重视那次分别。因为当时父亲不在泉州，不存在父亲命令我去送行的可能，一定是我自己要去送行，而且一定在上课时心神不定，下课后便一溜烟地跑到华侨大厦——就是骑自行车也要二十分钟的路程。当年我也许觉得那会是永别，因为那时的香港，还是一个遥远的地方，遥远、陌生而难以到达。没有能够见上"最后"一面，我的失望和伤心是可想而知的。

但是岁月已经把这一节抹去了。关于吴伯伯，我记得的，是我更小的时候，和父亲一起到他在石狮的家里做客。那里保留了当时少有的热闹的自由集市，我第一次看到那么丰富的蔬果、那么生猛的海鲜。记得摊贩们纷纷大声招呼吴伯伯，说自己的货好、新鲜。吴伯伯出手阔绰，根本不还价，买了许多鸡鸭鱼肉和海鲜，还有我从未见过的大芦柑。他的家是一幢石头建造的大楼房，今天想起来就是别墅。底层养着一条大狗，我很害怕，所以上了楼就不敢自己下来。吃过丰盛的午餐，当爸爸和吴伯伯聊天的时候，我就在楼上从一个房间走到另一个房间，手里不停地剥着芦柑。再后来，关于吴伯伯的记忆就是1994年我去香港，我从爸爸那里要了吴伯伯家的电话号码，打了几次，不论白天、晚上都没有人接，就没能见上。后来说起来才知道，那时他们去了美国女儿家。

我们一边吃着螃蟹，一边聊天，感觉似乎没有分别那么多年。他说想看我写的书，我在家里找到三本，都送了他们。往扉页上题词的时候，心里既没有骄傲，也没有自卑，因为知道自己面对的是写作者最渴望的朴素的接纳。

回家的路上，我的心里还满是重逢的温热。但是，那让他难忘的一幕，我真的一点都不记得了。在这以前，我一直觉得我的记性很好，而且很小就开始记事。现在看来，也许并不是这样。

生命是一幅拼图，由许多块小拼块组成。人总是想争取更多更好的拼块，好将自己的人生拼出美好的图案。但是在我们成长、奋斗的过程中，有一些拼块遗落了。有的散落在岁月的某个角落——谁都不能再到达的角落，永远无法回到我们生命的版图上；有的则在某一个故人的手里——没有他们手里的那块小拼块，我们的生命其实是不完整的。寻找那些小拼块，然后将其放回生命原本的位置上，让生命少一些空虚和遗憾，这也许就是重逢的意义。

（摘自江苏凤凰文艺出版社《茶生涯》一书）

人在诗途

袁小茶

乌江太长，哪儿找项羽

迷了那么多年的"虞兮虞兮奈若何"，我想去乌江边儿祭一次项羽。一句"时不利兮骓不逝"的《垓下歌》，缠绵幻化了千年，化成诗人笔下的"至今思项羽，不肯过江东"，化成戏剧家喉咙里的《霸王别姬》，化成女人心中吼一声山河色变的英雄。

乌江太长，去哪儿找项羽？于是我辗转到项羽的戏马台。戏马台在徐州，依然有些许旧物，"唯将旧物表深情"。

清明时的徐州还很冷，一直在下雨。我想当然地以为，江苏属于南方，应该春暖花开了，于是穿了件早春的毛呢旗袍，配上厚丝袜就颠儿颠儿地来了。结果在戏马台被冻得牙齿打战，差点被冻残疾——苏北的清明，兼具南方春雨的湿冷和北方低温的阴寒（后来听在徐州上大学的朋友说，不要被"江苏"两个字骗了，在徐州，冬天是有暖气的）。我戴着耳机，一个人在戏马台，孤零零的，四周是阴冷的清明雨和三义庙旧物。歌词里唱着："千载兴亡莫浪愁，汉家功业亦荒丘。空余原上虞姬草，舞尽春风未肯休。"

那首歌我听哭了。

从戏马台出来，我去了附近的汉画像石馆。雨天只有我一个游客，免费参观。我说想听讲解，找了半天才找到工作人员，要买讲解票，结果他跟我说："你只有一百元的？哎呀，我找不开。"（那意思是这一天一张票都没卖出去）然后说，"算了，我先给你讲吧，我让同事找零钱去。"

三进古色古香的院子，清明时本身就阴气重，加上阴雨天光线很暗，院子里树又多，到处树影重重。展厅里外都是汉墓砖，有些还是完整移过来的。换句话说，墙上地下，都是两千年前古人墓里的东西。讲解员讲完走了，我就一个人在展厅里接着看那些两千年前的汉墓砖上的画。

因为太冷，我穿上一件长到脚踝的黑风衣。突然听见门口有动静，我猛一回头，一个小伙子被吓得大叫一声——把我当女鬼了。

"我是人……是人……真不是（墓）里边爬出来的……"

鹿门山还在，鹿门就在

读了那么多年"春眠不觉晓，处处闻啼鸟"，想去襄阳找找孟浩然。孟浩然这个老头儿很有意思，李白是他的超级粉丝，谁都不服的"谪仙人"李白偏偏就服孟浩然。《黄鹤楼送孟浩然之广陵》是耳熟能详了，《赠孟浩然》就更直白，上来就写："吾爱孟夫子，风流天下闻。"孟浩然出生于襄阳，一生大部分时间都在襄阳，所以也叫"孟襄阳"。

孟浩然隐居在鹿门山，后来"鹿门"就成了文人归隐的一个重要文化意象，亦如陶渊明的东篱。去年五一假期，我带着一本《孟浩然集》去找孟浩然的墓。鹿门山真是算偏僻了，别人的五一假期，都是使劲躲人，抱怨人山人海；我的五一假期，是使劲找人——公交车上除了我和司机，再没有其他人！

大白天的，别吓人。

我在公交车上左等右等不见师傅发车，于是下了公交车，一咬牙，打车去。

好不容易有出租车去，结果出租车师傅说："小姐，不能打表。你得多加钱。"

"为啥？"

"谁没事儿去找孟浩然的墓啊？我一定得空车回来。您得补偿我点儿空车费。"

"唉……走吧。"

正午的大太阳下，出租车师傅把我放在鹿门山脚的牌坊前，一溜烟儿走了。

拿着手机定位找"孟浩然墓"，后来发现墓迁了，原物没了。不过只要山不变，这就是曾经的鹿门，孟浩然的鹿门。

我拿着孟浩然的诗集，在荒草丛生的山脚下，自言自语地跟孟浩然说了说话。突然明白了他的那句"欲寻芳草去，惜与故人违"。

别说，还真碰到两个男生，于是留下一张照片。

去时坐了出租车，回来可就不好回来了。哪儿找车去？别说"滴滴打车"了，在孟浩然墓就算是叫"滴滴打船"，也没有师傅接单啊。

我吭哧吭哧走到山下，发现只有一班公交车能回市区，还不直达。一上车我跟师傅说，我要去襄阳王府。几站后，师傅就在一个没路牌、没标志、没人的路口把我扔下来了，说："你就站这儿别动，在这儿等公交车，会有车到襄阳王府。"

我有点抓狂了。百度地图在这种地方完全不管用，因为根本没有公交站牌啊。好不容易，碰到一个清洁工大姐。

终于看见人了！遇见救星了！

清洁工大姐还挺热情，跟我说公交车就在这儿等，然后拉着我死命聊天（我觉得这个清洁工大姐真是太寂寞了……在这根本不见人影的地方扫落叶，估计一天能遇到的路人数会是个位数）。

终于等到公交车。公交车师傅竟然认出了我："你是不是中午等车的那个？嘿，我还找你呢。"

这城市有多小啊，我严重怀疑这条线路就一辆公交车……终于回到市区。我没事儿人似的把刚才在荒郊野岭"寻访孟浩然墓之旅"发到朋友圈，然后没事儿人似的在襄阳王府附近找到一家小面馆，吃了一碗牛肉面。

结果接到某人担心的电话："袁小姐！你一个姑娘，不怕碰到色狼吗……"

后来这个人，便成了我的男朋友。

这里要提醒独身女性，做文化旅行一定要注意安全。别看我天天嘚瑟各种"说走就走的囧途"，其实背后做了超详细的攻略。对于"荒山野岭""古人墓"这样的地方，我提前都会反复查路线、看地图，并询问当地朋友，甚至细致到对"从合作汽车南站换到合作汽车北站可以打出租车去，两块钱就够了"这样的细节都是反复确认过的。

钟离国免签

一个本硕七年读外交学的学长打电话给我："人呢？"

"我在钟离国呢。"

"钟离国？"

"对啊，现在对中国免签了。"

"哦……我……我都没听过……"

"哈哈哈哈，我逗你的！你带一本《庄子》，免签！"

……

我就这么欠打地把一个读外交学的学长给蒙了。

钟离国还真是个"国"——春秋战国时的诸侯国之一，就在现在的安徽凤阳。听过庄子和惠子的"濠梁观鱼"吧？特有名的那段"子非鱼，安知鱼之乐？""子非我，安知我不知鱼之乐？"对话就发生在钟离国。

读了这么久的《庄子·秋水》，总得看看庄子他老人家的鱼啊。

凤阳很小，先要坐火车到安徽滁州，然后从滁州坐大巴到凤阳。在凤阳钟鼓楼附近，找了个茶铺。这里茶叶倒是真便宜，因为安徽产茶。

我和茶铺老板娘聊着天，聊着这个当年庄子和惠子就"子非鱼""子非我"的问题吵架的地方。

直到两年后，我特别偶然地给小表妹讲起陶潜诗："少时壮且厉，抚剑独行游……路边两高坟，伯牙与庄周。"

"伯牙与庄周是什么意思，姐？"

"伯牙的坟，说的是俞伯牙摔琴谢子期——子期死了，伯牙就不再弹琴了。庄周的坟，说的是庄子和惠子——惠子死了，庄子感叹说，'世无可语者'，也就是感叹再没人能跟自己吵架了。陶渊明未必真见过这两座坟，只是就此感慨：知音死了，再没人能听懂自己说话了。后来孟浩然有一首诗说的也是这个意思——'欲寻芳草去，惜与故人违。当路谁相假，知音世所稀。'对了，'高山流水'的典故，就发生在现在的湖北武汉，龟山脚下有古琴台……"

讲着讲着，越讲脑子越乱，蒙太奇一样闪过庄子和惠子的"濠梁观鱼"，闪过"钟离国"破破烂烂的出租车，闪过在孟浩然墓前看一件旗袍时的心情，闪过拜访古琴台时的五味杂陈……

（摘自《读者》2019 年第 14 期）

胜人与独诣

黄永武

一位前辈对我说："文学艺术类的作品，当你欣赏到有一分过人之处时，其实作者已耗了十分的力气。"这句话听在每位曾经惨淡经营过的作者耳中，一定深以为然。

文学艺事，许多人都能达到某一个水平，但能再突破水平高上一分，这一分谈何容易。就像拔尖争冠的决胜时刻，那略胜的一筹，已耗尽获胜者毕生的功力。围棋国手对决时，能胜半目就好；短跑选手对决时，能胜百分之一秒就好，所谓"射较一镞，弈角一着"，胜人之处并不在多。那毫厘之差，常常是毕生力气之所汇聚。

每一门艺事想胜人一分都不容易，首先不能见一样喜一样，以为样样可以胜别人。从前姚鼐见别人擅长什么，就想在那方面胜过别人，有人就对戴东原说："我以前很畏服姚鼐，现在不畏服了。"戴东原问他为什么，那人说："他太喜欢'多能'了，见别人的擅长处，都想夺其坛席，所见愈多，所爱屡移，不能专笃耐久，无法精到，必然粗疏，所以不足畏服了。"戴东原就把这话向姚鼐直说了，姚鼐听后痛改前非，不再求事事胜过别人，只求能造就自己，终于成为古文大家。

方苞也想学作诗，曾把诗拿给查初白看。查初白对方苞说："你的性情不像诗人，还是以古文名世吧，把力气合并在一起，或许能登峰造极。"方苞就终生不再作诗，果然成为古文的一代宗师。

这大概就是张南本所说"同能不如独诣"的道理。与其和众人"同能"，不如一人"独诣"独到。求一人"独诣"，首先贵精不贵多，贵专不贵泛。所谓"百艺百穷，九十九艺空"，就是样样通、门门松，什么都行、什么都不行，多了就不精的悲哀。不过近代学问重在科际整合，太专了就嫌狭小，难生新见解，那么必须一样通了再学一样，积少而成多，虽多而不杂。由精而及博，虽博而不泛，这样精也就在其中，和"成于专而毁于杂"的原则并不相悖，反而能成其大。

求一人"独诣"，最忌讳追逐潮流，比赛时髦，而应该去自辟蹊径，独造神境。必要时何妨反潮流、反时髦，能"弃众人之所收，收众人之所弃"，虽不必标异，亦不必求同的。

求一人"独诣"，关键在于对自己有默契，不求胜人，只求自胜。所谓"知耻近乎勇""有为者亦若是""闻过则喜"，都是君子的求胜之道。所争在己，而不在人；所争在千秋，而不在迟速。"独诣"的要义不是专立新奇可喜的理论来迷惑人，而是真正使自己具备信心。"独诣"也不是"骄矜"或"忮害"，独诣如变成了怠傲，只想胜过别人，可能连枯木朽株都会变成你的仇家。

（摘自《读者》2017 年第 15 期）

告别白鸽

陈忠实

　　老舅到家里来，话题总是离不开他退休后的生活。当他说起养的那一群鸽子时，我禁不住问："有白色的吗？纯白的?"

　　老舅当即明白我的话意，不无遗憾地说："有倒是有……只有一对。"随之又转换成愉悦的口吻，"白鸽马上就要下蛋了，到时候我把小白鸽给你捉来，就不怕它飞跑了。"老舅大约看出我的失望，解释道，"那对老白鸽你养不住，咱们两家原上原下几里路，一放开它就飞回老窝了。"

　　出乎我的意料，没过一周，舅舅又来了，还捉来一对白鸽。面对我的欣喜和惊讶，老舅说："我回去后想了，干脆让白鸽把蛋下到你这里，在这孵出的小鸽，就认你这儿为家咧。"

　　我把那对白鸽接到手里时，发现老舅早已扎住了白鸽的几根羽毛。这样被细线捆扎的鸽子只能在房屋附近飞，却不会飞高飞远。老舅特别叮嘱说，一旦发现雌鸽产下蛋来，就立即解开捆扎它翅膀的细线，此时无须担心鸽子飞回老窝——它离不开它下的蛋。至于如何饲养,老舅不屑地说:"只要每天早晨给它撒一把玉米粒儿……"

我在祖屋后墙的土坯缝隙里,砸进了两根木棍子,架上一只硬质包装纸箱,纸箱的右下角剪开一个四方小洞,就把这对白鸽放进去了。这幢已无人居住的破落的老屋似乎从此获得了生气,我总是抑制不住对后墙那对活泼的白鸽的关切之情,没遍没数儿地跑到后院里,轻轻地撒上一把玉米粒儿。起初,听到玉米粒落地时的声响,两只白鸽便挤在纸箱四方洞口探头探脑,像在辨别我投撒食物的举动是真诚的爱意还是诱饵。

终于出现奇迹。那天早晨,一个美丽的早晨,我刚刚走出后门扬起右手的一瞬间,"扑啦"一声,一只白鸽落在我的手臂上,迫不及待地抢夺我手心里的玉米粒儿。接着又是"扑啦"一声,另一只白鸽飞落到我肩头,旋即又跳弹到手臂上,抢着啄食我手心里的玉米粒儿。听着玉米粒从鸽子喉咙滚落下去的声音,我竟然不忍心抖落鸽子,似乎是一种早就期盼的信赖终于到来。

又是一个堪称美丽的早晨,飞落到我手臂上啄食玉米的鸽子仅有一只,我随即发现,另外一只正静静地卧在纸箱里产蛋。新生命即将诞生的欣喜和某种神秘感,立时在我的心头漫溢开来。遵照老舅的嘱咐,我当即剪除捆扎鸽子羽毛的绳索,白鸽自由了。那只雌鸽继续钻进纸箱去孵蛋,而那只雄鸽,则"扑啦啦"地飞向天空。

终于听到破壳而出的幼鸽细嫩的叫声。这一天,我再也禁不住纸箱里小生命的诱惑,趁两只白鸽外出采食的间隙,爬上木梯。哦!那是两只多么丑陋的小鸽,硕大的脑袋光溜溜的,又长又粗的喙尤其难看,眼睛刚刚睁开,两只肉翅同样光秃秃的。我第一次看到初生形态的鸽子,那丑陋的形态反而使我更急切地期盼它们的蜕变和成长。

那是一个下午,我准备去河边散步,临走之前打算给白鸽撒一把玉米粒,算是晚餐。打开后门,我眼前一亮,后院的墙头上,落栖着四只白色的鸽子。我撒下玉米，抖落老白鸽，专注地欣赏墙头的两只幼鸽。

它们通体洁白，没有一根杂毛，好像天宫降临的仙女。那种美如此生动，直教我心灵震颤，甚至畏怯。是的，人可以直面威胁，可以蔑视阴谋，可以踩过肮脏的泥泞，可以对诋毁保持沉默，可以对丑恶闭上眼睛，然而在面对美的精灵时却有一种怯弱。

我扬起双手，拍出很响的掌声，以激励它们飞翔。两只老白鸽先后起飞。小白鸽飞起来又落下去，似乎对自己能否翱翔蓝天缺乏自信。两只老白鸽绕着房子飞过来旋过去，无疑是在鼓励它们的儿女勇敢地起飞。果然，两只小白鸽起飞了，翅膀扇打出"啪啪啪"的声响，跟着它们的父母离开屋脊，转眼就没了踪影。

我走向村庄背靠的原坡，树木和房舍近在我的眼底。我的白鸽正从东边飞过来，沐浴着晚霞的橘红。原坡是绿的，梯田和荒沟有麦子和青草覆盖，这是我的家园一年四季中最迷人、最令我陶醉的季节，而今又有我养的四只白鸽在山原河川上空飞翔。这一刻，世界对我来说就是白鸽。

这一夜我失眠了，脑海中总是有两对白色的精灵在飞翔。早晨起来晚了，我猛然发现，屋脊上只有一双幼鸽。那对老白鸽呢？我不由得瞅瞅天空，不见踪迹。我想，它们大约是捕虫采食去了。直到乡村的早饭时间已过，仍然不见白鸽回归，我心里便有些惶恐不安。就在这当儿，老舅来了。

"白鸽回老家了，天刚明时。"

我大为惊讶。昨天傍晚，老白鸽领着儿女初试翅膀飞上蓝天，今日一早就飞回舅舅家去了。也就是说，它们来我家生产孵蛋哺育幼鸽的两个多月里，始终没有忘记故巢，或者说两个多月孵化哺育幼鸽的行为本身就是为了回归。我被这生灵深深地感动了。我舒了口气："回去了就好，我还担心它们被鹰鹞抓去了呢！"

留下来的这两只白鸽的籍贯和出生地与我完全一致，我的家园也是它们的家园。它们更亲昵甚至更随意地落到我的肩头、手臂，不单是为着抢啄玉米粒儿。我扬手发出手势，它们便心领神会地从屋脊上起飞，在村庄、河川和原坡的上空，做出种种酣畅淋漓的飞行姿态。这时，山岭、河川、村舍和古原似乎都跳起舞来。我一次又一次抑制不住地发出慨叹：这才是属于我的白鸽！

直至惨烈的那一瞬。至今，我依然感到手中的笔都在颤抖。

那是秋天的一个夕阳灿烂的傍晚，河川和原坡被果实累累的玉米、棉花、谷子和各种豆类覆盖着，人们也被即将到来的丰盈的收获鼓舞着，村巷和田野里泛溢着愉快喜悦的声浪。我的白鸽从河川上空飞过来，在接近西边邻村的大树时，转过一个大弯儿，就贴着古原的北坡绕向东来。当我忘情地沉溺于这最轻松、最惬意的一刻时，一只黑色的幽灵不知从原坡的哪个角落斜冲过来，扑向白鸽。白鸽惊慌失措地扇动翅膀重新疾飞，然而晚了，那只飞在前头的白鸽被黑色幽灵俘掠而去。我眼睁睁地瞅着头顶天空所骤然爆发的这一场弱肉强食，侵略者和被屠杀者的搏杀，只觉眼前一片黑暗。

侵略者是鹞子，这是家乡人对它的称谓，那是一种形体不大却十分凶残暴戾的鸟。

老屋屋脊上现在只有一只形单影孤的白鸽。它有时原地转圈，发出急切的连续不断的"咕咕"声，有时飞起来又落下去，刚落下又飞起来，似乎是惊恐不安。无论我怎样抛撒玉米粒儿，它都不屑一顾，更不像往昔那样落到我肩上。

过了好些日子，白鸽终于跳落到我肩头。我的心竟然一热，立即想到它终于接受那痛苦的现实而归于平静了。我把它握在手里，光滑洁白的羽毛使人产生一种神圣的崇拜。这一刻，我决定把它送给邻家一位同样喜欢鸽子的贤。他养着一大群杂色信鸽，却没有白鸽，让我的白鸽和他那一群鸽子结伴，可能更有利于白鸽生存——我实在不忍心看见它在屋脊上的那种孤单。

它比较快地与那一群杂色鸽子合群了。

有一天，贤告诉我，白鸽产蛋了；过了好多天，贤又告诉我，它孵出了两只白底黑斑的幼鸽。

我出了一趟远门回来，贤告诉我，白鸽丢失了。我立即想到它可能也被鹞子抓去了。

又过了一些日子，内心的波澜已经平静，老屋也早已复归沉寂，对我不再有任何诱惑。我在写作的间隙，到前院浇花除草，后院不再去了。这天，我在书桌前继续书写文字，突然窗外传来"咕咕咕"的叫声，我摔下笔，直奔后院。在那根久置未用的木头上，卧着一只白鸽，我的白鸽。

我走过去，它一动不动。我捉起它来，发现它的一条腿受伤了，是用细绳勒伤的，残留的那段细绳深深地陷进肿胀且流着脓血的腿里。我的心抽搐起来，我找来剪刀剪断绳子，发觉那条腿实际上已被勒断，只有一层尚未腐烂的皮连着。它的羽毛变成灰黄色，头上粘着污黑的泥垢，腹部结着干涸的鸽粪，翅膀上黑一坨灰一坨，污脏得让人难以握在手心。

我不禁想，这只丢失归来的白鸽，是被人捉去了。它被人用绳子拴着，是给自家的孩子当玩物，还是不论什么人都可以摸摸玩玩？白鸽被弄得这样脏污，不知有多少脏手抚弄过它，却没有人在意它那被细绳勒断的腿。那一刻，我突然觉得，它还不如雄鸽被鹞子扑杀的结局。

我在太阳下为它洗澡，把它羽毛上的污垢洗濯干净，又给它的伤腿敷了药膏。我盼它伤愈，盼它的羽毛洁白如初。然而它死了，在第二天早晨，在它出生的后墙上的那只纸箱里……

（摘自《读者》2017 年第 16 期）

烤"神仙"

蔡　怡

我坐在父亲的病床边，抚摸着他那双布满老年斑的手，端详着他插着胃管、氧气管的身躯和一直昏睡不醒的脸庞。

母亲在世时，因她一贯的强势作风，我心目中的父亲是个沉默寡言、永远赔着笑脸，没有自我、没有声音的影子。母亲去世后，我和先生把父亲接到家里来照顾，这才发现一个完全不同的父亲——爱讲故事的父亲。

不过父亲讲的故事，年代随着时光的流逝不断往前移，逐步以倒退的方式进行。五年前的夏日，在树梢间传出的第一声蝉鸣中，他讲起十六岁时因为抗日战争而离开农村，跟着学校走遍大江南北，从中学念到大学的辉煌岁月。这同时也是造成他永别家乡，一生无法与家人团圆，让他痛得椎心泣血的烽火岁月。

这段父亲人生旅途中最重要的转折历程，居然没多久就随着他脑细胞的逐一死亡，而彻底消失了。

接下来，他只记得十岁在老家西门外的枣树园里抓"神仙"，拿回家烤着吃、烧着吃的欢欣。我问他："什么是'神仙'？"他十分讶异地回答："'神仙'就是蝉的幼虫，这你都不知道吗？"

我随着父亲精彩的描述，想象着深藏在土里、度过漫长岁月的神仙，还没挣开它的壳，在耐心等待雷的启示和节气的更迭。黑暗中，幽幽地，它终于听到属于它的呼唤，于是从松软的地洞冒出头来，慢慢爬上枣树干，用针一般的嘴刺，吸取清新可口的绿树汁。它听到孩童的嬉闹声，想与他们共戏，没料到自己尚未羽化的身躯，会成为布施的祭品。我那才十岁左右的父亲，万分欣喜地找到众神赐下的补养品，从地上、树上，一一捉住它们，高兴地跑回厨房里烧着柴火的炉灶边，挤在正忙着蒸红枣发糕的奶奶身旁，烤"神仙"。

接着，父亲退化成七岁小孩，在土夯的城墙上跟着打更的人巡逻。他不怕摔，因为城墙有一米多宽。他还在家门口供牲口喝水的大水塘里游泳。我问："谁教的你游泳啊？""哪还用教，看看人家怎么游，不就会了吗？"

游泳有这么简单吗？我打开记忆之窗，依稀看见多年前，在东港大鹏湾泳池边，父亲耐心地教我："双手往前推，双脚赶快配合往后蹬，蛙式就是这么简单。"傍晚的夕阳余晖让泳池的水面闪着灿灿金光，映照着父亲年轻英俊的脸庞。我搂着他的脖子撒娇道："我就是学不会嘛，再教我一次。"

父亲讲故事有固定的模式，说完了夏天在大水塘里游泳，接着他一定会说："水塘冬天结冰后，可以在上面打滑。"我听不懂他的家乡话"打滑"，他愣了好一会儿，然后结结巴巴、指手画脚地解释："就是跑——跑——，唰——唰——"

父亲的一生似乎也就这样从大水塘的冰面上，"唰——"的一声快速溜滑过去，了无痕迹。

当烤"神仙"、溜冰等回忆也从他的记忆中被整个删除之后，他爱谈论去姥姥家过年的快乐时光。他说姥姥家可大了，占了整个张家村的一半。"我有六个舅舅啊！"父亲反复地说，就怕我不懂拥有六个舅舅的幸福，脸上露出三岁娃娃才有的天真与欢愉。我猜父亲去他姥姥家过年的时候，只有三四岁吧。于是，我们俩开始唱"颠倒歌"："张三吃了李四饱，撑得王五沿街跑……"我背得滚瓜烂熟，因为三岁时常被父母推到叔叔阿姨跟前炫耀表演。时光流转，教会我、炫耀我的父亲老矣，轮到我唱"颠倒歌"给他听。这歌名依稀就是一种古老的预言，早早预言了天下人父与人子的关系——行到最后，终将颠倒。

一年多前，父亲成了不到一岁的小婴儿。无法走路，我请他坐轮椅，他先摸摸上衣口袋，怯生生地问我："坐车要花钱吗？"他以坚称自己不饿来遮掩忘记如何夹菜的窘态。我买来牛肉大饼、菜肉包放在他眼前，然后躲在门后，偷偷看他用双手抓着食物大口大口咬着吃，脸上露出十分满足的神情。

随着他灵魂的远去，他对我的称呼也由五年前"亲爱的女儿"变成"大姐""妈妈"。想必他的眼神早已穿透我的身躯，望见不同时空里，他至亲但十六岁之后就无缘相见的姐姐，以及他至爱却终生未能尽孝的母亲——那个到了晚年，天天拿个小板凳坐在村口，来回张望的母亲；那个企盼娇儿骑着单车停在她面前，说"娘，我下学了"的母亲；那个终其一生，未能等到独生子回乡，含恨而去的母亲。

最后，父亲在病魔的侵虐下，只能困惑又冷漠地望着已完全陌生的我。

面对生死拔河，我卑微无奈，只能就着病房暗淡的白色灯光，贪恋地看着他即将失去生命之光却依旧清秀的脸庞，上面刻着的不是岁月的痕迹，而是一条条爱的纹路与我们俩今世不舍的亲情……玉坛子上嵌着父亲八十岁生日时拍的神采奕奕的照片。我和家人把它安放在母亲身边的空格子里。深深跪拜后，我决心追随他的魂梦，造访他生前反复勾勒、多年想回却一直回不去的老家，去体验他的痛，去触摸他再也触摸不到的乡情。

到了蔡家庄，我找不到可以打更的城墙，西门自是不见影踪，枣树已被砍光，而"神仙"都长了翅膀飞走了。我踩在种着大片棉花的田地上，想象当年父亲帮爷爷收割小麦的情景……原来，父亲把栽植在他生命里最珍贵、最美丽的人生记忆，从十六岁到三岁，用倒叙的方式托付给我。这是他生前给我的最后一笔爱的馈赠。

我站在祖厝及膝的荒草前，侧耳聆听大地的声音，有野雁聒噪着横空而过，有秋蝉最后的嘶鸣。迎着晚风，我深吸一口气，想闻出当年厨房炉灶边父亲烤"神仙"的油香味，但它依风远遁，飘到一个我进不了的世界。父亲如神仙，等到了大地的召唤，挣脱了他的壳，快乐地羽化在那枣树边。

"神仙"应不再被烤了……

（摘自南京大学出版社《烤神仙》一书）

当孟子遇见理想主义者

李敬泽

孟子有理想，但有时他会遇见比他更有理想的理想主义者。

比如那日，酒席散了，他的弟子彭更借酒撒疯提意见：像您老人家这样，驾着几十辆车，数百个弟子跟着，从这一国吃到那一国，这，这也太过分了吧？

孟子的表情我们看不见，但我愿意相信他的脸上平静如水。他答曰："非其道，则一箪食不可受于人；如其道，则舜受尧之天下，不以为泰——子以为泰乎？"

只要有真理，吃人家一顿饭又有何妨！当年尧把天下都送给了舜，舜也没客气，你难道认为舜也过分吗？

——孟老先生啊，话不是这么说的，人家明明是说你过分，你马上抬出个舜来。舜是大圣人，战国时代的读书人当然不敢非议，这不是拉大旗作虎皮又是什么呢？

愤怒青年彭更没被吓唬住，说了一句直指要害的话："士无事而食，不可也。"

这是惊雷，两千年来响在知识分子的噩梦里：你们这帮家伙，不劳动而白吃饭，不行！

孟子不得不严肃地对待这个问题，他看着彭更愤怒的眼睛，必是从中看到了广大的沉默人群。于是他字斟句酌地说了一番话，大意是：社会分工不同，知识分子行仁义之道，守精神家园，也算是一份工作，应该像木匠和修车师傅一样有一碗饭吃。

彭更愣了一会儿，忽然，他更生气了：难道君子追求真理就是为了混碗饭吃吗？

孟子的回答我不想引述，有兴趣的可以去查查《孟子》。我的兴趣在于彭更如此迅速地改变了立场，而且对他的自相矛盾毫无自觉：一开始他认为思想不是劳动，不劳动而吃饭是可耻的，但紧接着他又宣布，如果思想是为了吃饭，那也是可耻的。精神活动不仅是"事"，而且是无比纯洁的"事"，不应掺杂任何世俗考量。写小说就是写小说，不能想着挣版税。

两千年前的那一天，孟子面对这个弟子，一定感到极为孤独和疲倦。彭更在那一刻远比孟子强大，他同时占领了两大高地，居高临下，胜券在握，而孟子的任何辩解听上去都像是陷入重围的徒劳挣扎。

一方面，从劳动在人类生活中的重大价值出发，人们理直气壮地质疑那些手无缚鸡之力而空作玄远之谈的书生；另一方面，从精神在人类生活中的重大价值出发，人们也理直气壮地质疑那些以精神为业的人们的世俗生活：你为什么不纯粹？为什么为稻粱谋？为什么做不到通体真理、天衣无缝？

两大高地绵延不断，孟子及孟子的后继者们在高地之间的深渊中挣扎求存。曾经，不劳动是知识分子的原罪；而今天，在捍卫精神纯洁性的名义下，"理想主义者"会在任何精神现象的背后闻嗅铜臭和私欲，然后，他们宣布：所谓"精神"，不过是苟且的权谋，果然如此，总是如此。

面对后一种责难，孟子的回答是苍白无力的，他实际上说：请你读我的书。你不应追究我的动机，就好比你尽管吃鸡蛋而不要去审查下蛋的母鸡。这当然不行，有时审查母鸡是必要的。两千年前的那天，如果换了我，我宁愿如此回答那位彭更先生：

任何一个人的精神活动，都终究离不开人要吃饭这个事实，他的思想、想象和精神是他在世俗生活中艰难搏斗的成果，即使是佛，也要历经磨难方成正果，而人是带着满身的伤和罪在思想。思想者丑陋，纯洁的婴儿不会思想。

我知道我也不能说服他。这个叫彭更的人，他的激情和理想有更持久的力量，那就是，不管以劳动伦理的名义，还是以精神纯洁的名义，都不能剿灭人类的精神生活。

（摘自《读者》2018 年第 8 期）

回　声

李广田

我之所以不怕老祖父的竹戒尺，最喜欢跟着母亲到外祖家去，是因为要去听琴。

外祖父是一个胡须花白的老头子，在他的书房里有一张横琴，然而我并不喜欢这个。外祖父常像打瞌睡似的伏在他的那张横琴上，慢慢地拨弄那些琴弦，发出如苍蝇振翅般的嗡嗡声。苍蝇——多么让人腻烦的东西，叫我毫无精神，听了只是心烦，那简直如同老祖父硬逼我念古书一般。我与其听这嗡嗡声，还不如到外边的篱笆边听一片枯叶的歌子。然而我还是喜欢听琴，听那张长大无比的琴。

那时候我还没有一点儿地理知识。但又不知从什么人那里听说过：黄河是从西天边一座深山中流出来，如来自天上，最终黄荡荡地泻入东边的大海，而中间呢，中间就恰好从外祖家的屋后流过。这是天地间的一大奇迹，这奇迹常常让我用心思索。黄河有多长，河堤就有多长，而外祖家的房舍紧靠着堤身。这一带的居民均占有这种便宜，不但在官地上建造房屋，而且以河堤作为后墙，故从前面看去，俨然如一排土楼，从后面看去，则只能看见一排茅檐。堤前堤后均有极其整齐的官柳，一年四季都非常好看。而这道河堤，这道从西天边伸到东天边的河堤，便是我最喜欢的一张长琴：堤身即琴身，堤上的电杆木就是琴柱，电杆木上的电线就是琴弦了。

我最乐意到外祖家去，而且乐意到外祖家夜宿，就是为了听这长琴的演奏。

只要是有风的日子，就可以听到这长琴的嗡嗡声。那声音颇难比拟，人们说那像老头子哼哼，我心里却甚难苟同。尤其当深夜，特别是在冬天的夜里，睡在外祖母的床上，听着墙外的琴声简直不能入睡。冬夜的黑暗是容易使人想到许多神怪事物的，而一个小孩子就更容易遐想，这嗡嗡的琴声就做了使我遐想的序曲。我从那黄河发源地的深山，缘着琴弦，想到那黄河所倾注的大海。我猜想那山是青色的，山里有奇花异草、珍禽异兽；我猜想那海水是绿色的，海上满是小小白帆，水中满是翠藻银鳞。而我自己呢，仿佛觉得自己很轻、很轻，我就缘着那琴弦飞行。我看见那琴弦在月光中发着银光，我可以看到它们的两端，却又觉得那琴弦长到无限。我渐渐有些晕眩，在晕眩中我用一个小小的铁锤敲打那琴弦，于是琴弦就发出嗡嗡的声响。这嗡嗡的琴声直接传到我的耳里，我仿佛飞行了很远很远，最后才发觉自己仍躺在温暖的被窝里。我的想象很自然地转到外祖父身上，我又想起外祖父的横琴，想起那横琴腻人的嗡嗡声。这声音和河堤的长琴声混合起来，令我觉得非常烦乱，仿佛眼前有无数条乱丝搅在一起。我愈思愈乱，看见外祖父也变了样子，他变成一个须眉雪白的老人，连衣服也是白的，仿佛为月光所洗，浑身上下颤动着银色的波纹。我知道这已不复是外祖父，而是一个神仙，或一个妖怪，他每天夜里在河堤上敲打琴弦。我极力想把那个老人的影像同外祖父分开，然而不可能，他们总是纠缠在一起。我感到恐惧。我的恐惧却又诱惑我到月夜中去——假如趁这时一个人跑到月夜的河堤上该是怎样的情景呢？恐怖是美丽的，然而到底还是恐怖。最后连我自己也分裂为二，我的灵魂在月光下的河堤上伫立，打起寒战，而我的身子却越发地向被子里畏缩，直到蒙头裹脑地睡去为止。

来到外祖家，我总爱一个人跑到河堤上。尤其每次刚刚到来的次日早晨，不管天气多么冷，也不管河堤上的北风多么凛冽，我总愿偷偷地跑到堤上，紧紧抱住电杆木，把耳朵靠在电杆上，听那最清楚的嗡嗡声。

然而北风的寒冷总是难当的，我的手、我的脚、我的耳朵，起初是疼痛，最后是麻木，回到家里才知道已经长出冻疮，尤以脚趾肿痛得最厉害。因此，我有一整个冬季不能到外祖家去，而且也不能出门，只能闷在家里，真是寂寞极了。

"由于不能到外祖家去听琴，便这样忧愁吗？"老祖母见我郁郁不快，这样子慰问我。不经慰问倒还无事，这最知心的慰问才更加唤起我的悲哀。

祖母的慈心总是值得感激，时至今日，则可以说是值得纪念了，因为她已完结了她最平凡的，也可以说是最悲剧的一生，升到天国去了。当时，她以种种方法使我快乐，即使她所用的方法不一定能使我快乐。

她给我说故事，给我唱歌谣，给我说黄河水灾的可怕，说老祖宗兜土为山的传说，并用竹枝草叶为我制作种种玩具。亏她想得出：她把一个小瓶悬在风中叫我听琴。

老祖母从一个旧壁橱中找出这个小瓶时，小心地拂拭着瓶上的尘土，以严肃的口气告诉我："别看这小瓶不好，却是祖上的传家宝呢。我们的老祖宗——可是也不记得是哪一位了，但愿他在天上做神仙——他是一个好心肠的医生，他用他通神般的医道救活过许多生命垂危的人。他曾用许多小瓶珍藏一些灵药，而这个小白瓶就是传留下来的一个。"她一边说着，一边又显出非常惋惜的神气。我听了老祖母的话默然无语，因为我同样觉得很惋惜。我想象当年一定有无数这样大小的瓶儿，同样大，同样圆，同样是白色，同样是好看，可是现在就只剩这么一个了。那些可爱的小瓶儿分散到哪里去了呢? 而且还有那些灵药，还有老祖宗的好医术呢? 我简直觉得可悲了。

把小白瓶拂拭洁净之后，她笑着对我说："你看、你看，这样吹、这样吹。"同时她把瓶口对准自己的嘴唇吹出呜呜的鸣声。我喜欢极了，当然她更喜欢。她教我学，我居然也吹得响。于是她又说："这还不足为奇，我要把它系在高杆上，北风一吹，它也会呜呜地响。这就和你在河堤上听琴是一样的了。"

她继续忙着。她在几个针线筐里乱翻，为了找寻一条结实的麻线。她用麻线系住瓶口，又搬了一把高大的椅子，放在一根晒衣服的高杆下面。唉，这些事情我记得多么清楚啊! 她在椅子上摇摇晃晃的样子，现在我想起来才觉得心惊。而且那又是在冷风之中，她摇摇晃晃地立在椅子上，伸直身子，举起双手，把小白瓶在那晒衣杆上系紧。她把那麻绳缠一匝，又一匝，结一个疙瘩，又一个疙瘩，唯恐那小瓶被风吹落，摔碎了祖宗的宝贝。她笑着，我也笑着，却都不曾言语。我们只等把小瓶系牢之后就听它立刻发出呜呜的响声。老祖母把一条长麻线完全结在上边，摇摇晃晃地从椅子上下来时，我看出她的疲乏，听出了她的喘气声，然而那个小瓶，在风中却没有一点声息。

我同老祖母都仰着脸望那风中的瓶儿，两个人心中均觉得黯然，然而老祖母却还在安慰我："好孩子，不必发愁，今天风太小，几时刮大风，一定可以听到呜呜响了。"

过了许多日子，也刮过好多次老北风，然而那小白瓶还是没有一点儿动静，不发出一点儿声息。

现在我每逢走过电杆木，听见电杆木发出嗡嗡声时，就很自然地想起这些。外祖家已经衰落不堪，只剩下孤儿寡母———一个舅母和一个表弟，在赤贫中过困苦日子，我的老祖父和祖母也都去世多年了。

（摘自华夏出版社《圈外》一书）

苏东坡的南渡北归

祝 勇

苏东坡是一个容易感伤的人，也是一个善于发现快乐的人。当个人命运的悲剧浩大沉重地降临，他就用无数散碎而具体的快乐把它化于无形。这是苏东坡一生最大的功力所在。

一

北宋的官场，比赣江十八滩更凶险。

就在过赣江十八滩时，苏东坡接到朝廷把他贬往惠州（今广东省惠州市）的新旨意。

苏东坡翻山越岭奔赴岭南的时候，他的老朋友章惇被任命为尚书左仆射兼门下侍郎，成为新宰相。

苏东坡曾戏称，章惇将来会杀人不眨眼，不过那时二人还是朋友。后来的历史，完全验证了苏东坡的预言。苏东坡到惠州后，章惇一心想除掉他，以免他有朝一日卷土重来。由于宋太祖不得杀文臣的最高指示，章惇只能采取借刀杀人的老套路，于是派苏东坡的死敌程之才担任广南东路提刑，让苏东坡没有好日子过。苏东坡过得好了，他们便过不好。

二

无论怎样，生活还要继续。苏东坡曾在给友人的信中称，不妨把自己当成一个一生都没有考得功名的惠州秀才，一辈子没有离开过岭南，亦无不可。他依旧作诗，对生命中的残忍照单全收。他虽年近六旬，却从来不曾放弃自己的梦想，更不会听亲友所劝，放弃自己最心爱的诗歌。在他看来，丢掉诗歌，就等于丢掉了自己的灵魂，而正是灵魂的力量，才使人具有意志、智性和活力，尽管那些诗歌，曾经给他，并且仍将继续给他带来祸患。

此时，苏东坡写了一首名叫《纵笔》的诗，诗是这样写的：

> 白头萧散满霜风，小阁藤床寄病容。
>
> 报道先生春睡美，道人轻打五更钟。

这首诗里，苏东坡说自己虽在病中，白发萧然，却在春日里，在藤床上安睡。这般的潇洒从容，让他昔年的朋友、如今的政敌章惇大为光火："苏东坡还过得这般快活吗？"朝廷上的那班政敌，显然是不愿意让苏东坡过得快活的。他们决定痛打苏东坡这只"落水狗"，既然不能杀了苏东坡，那就让他生不如死吧。公元 1097 年，来自朝廷的一纸诏书，又把苏东坡贬到更加荒远的琼州（今海南省），任昌化军安置，弟弟苏辙也被谪往雷州（今广东省雷州市）。

苏东坡知道，自己终生不能回到中原了。长子苏迈来送别时，苏东坡把后事一一交代清楚，如同永别。那时的他，决定到了海南之后做的第一件事，就是为自己确定墓地和制作棺材。他哪里知道，在当时的海南，根本没有棺材这种东西，当地人只是在长条状的木头上凿出臼穴，人活着存稻米，人死了放尸体。

苏东坡孑然一身，只有最小的儿子苏过，抛妻别子，孤身相随。年轻的苏过，过早地看透了人世的沧桑，这也让他的内心格外早熟。他知道，父亲被一贬再贬，是因为父亲功高名重，从来不蝇营狗苟。他知道，人是卑微的，但是父亲不愿因这卑微而放弃尊严，即使自然或命运向他提出苛刻的条件，他仍不愿以妥协来进行交易。有这样一个父亲，他不仅没有丝毫责难，相反，他感到无限的荣光。苏过在海南写下《志隐》一文，主张安贫乐道的精神。苏东坡看了以后，心有所感，说："吾可以安于岛矣。"

苏东坡的命途，没有最低，只有更低。但是对人生的热情与勇气，是他应对噩运的撒手锏。在儋州（今海南省儋州市），他除了写书、作诗，又开始酿酒。有诗有酒，他从冲突与悲情中解脱出来，内心有了一种节日般的喜悦。

三

公元 1100 年，宋徽宗即位，大赦天下，下旨将苏东坡徙往廉州（今广西壮族自治区北海市合浦县），将苏辙徙往岳州（今湖南省岳阳市）。台北故宫博物院收藏的《渡海帖》就是苏轼在这个时候书写的。

那一次，苏东坡先去海南岛北端的澄迈寻找好友赵梦得，不巧赵梦得北行未归。他满心遗憾，写下一通尺牍，交给赵梦得的儿子，盼望能在渡海以后相见。

这幅《渡海帖》，被认为是苏东坡晚年的书迹代表，黄庭坚看到这幅字时，不禁赞叹："沉着痛快。"

无论对于苏东坡，还是他之后任何一个被贬往海南的官员，横渡琼州海峡都将成为记忆中最深刻的一段旅程。宋代不杀文官，那座大海中的孤岛，对宋代官员来说，几乎是最接近死亡的地带。因此，南渡与北归，往往成为羁束与自由的转折点。

越过南岭，经赣江入长江，船至真州（今江苏省仪征市）时，苏东坡跟米芾见了一面。米芾把他珍藏的《草圣帖》和《谢安帖》交给苏东坡，请他写跋，那是六月初一。两天后，苏东坡就瘴毒大作，猛泻不止。到了常州（今江苏省常州市），苏东坡的旅程，就再也不能继续了。

七月里，常州久旱不雨，天气燥热，苏东坡病了几十日，到二十六日时，已到了弥留之际。

他对自己的三个儿子说："吾生无恶，死必不坠。"

意思是，我这一生没做过亏心事，不会下地狱。

又说："至时，慎毋哭泣，让我坦然化去。"

如同苏格拉底死前所说："我要安静地离开人世，请忍耐、镇静。"

苏东坡病中，他在杭州时的旧友、径山寺维琳方丈早已赶到他身边。此时，他在苏东坡耳边大声说："端明宜勿忘西方！"

苏东坡气若游丝地答道："西方不无，但个里着力不得！"

钱世雄也凑近他的耳畔大声说："固先生平时履践至此，更须着力！"

苏东坡又答道："着力即差！"

苏东坡的回答再次表明了他的人生观念：世间万事，皆应顺其自然；能否度至西方极乐世界，也要看缘分，不可强求。他写文章，主张"随物赋形"，所谓"行于所当行""止于所不可不止"，他的人生观，也别无二致。

苏迈含泪上前询问后事，苏东坡没有做出任何回应，溘然而逝。

那一年，是公元 1101 年。

苏东坡的生命里没有失败，就像《老人与海》中圣地亚哥所说的一句话："人不是为失败而生的，一个人可以被毁灭，但不能给打败。"

外婆的美学

李汉荣

外婆说："人在找一件合适的衣服，衣服也在找那个合适的人。找到了，人满意，衣服也满意；人好看，衣服也好看。""一匹布要变成一件好衣裳，如同一个人要变成一个好人，要下点功夫。""无论做衣服还是做人，心里都要有一个'样式'，才能做好。"

外婆做衣服是那么细致耐心，从量到裁再到缝，她好像在用心体会布的心情。一匹布要变成一件衣服，它的心情肯定也是激动的，充满着期待，或许还有几分担忧和恐惧：要是变得不伦不类，甚至很丑陋，名誉和尊严就毁了。

记忆中，每次缝衣，外婆都要先洗手，把自己穿戴得整整齐齐，身子也尽量坐得端正。外婆总是坐在敞亮的地方做针线活。她特别喜欢坐在场院里，在高高的天空下面做小小的衣服，外婆的神情显得朴素、虔诚、庄重。

在我的童年，穿新衣必是在盛大的日子，比如春节、生日。旧衣服、补丁衣服是我们日常的服装。我们穿着打满补丁的衣服也不感到委屈，一方面是因为人们都过着打补丁的日子；另一方面，是因为外婆在为我们补衣的时候，精心搭配着每一块补丁的颜色和形状，她把补丁衣服做成了好看的艺术品。

除了缝大件衣服，外婆还会绣花，鞋垫、枕套、被面、床单、围裙上都有外婆绣的各种图案。

外婆的"艺术灵感"来自她的内心，也来自大自然。燕子和其他各种鸟儿飞过头顶，它们的模样和姿态留在外婆的心里，外婆就顺手用针线把它们保存下来。外婆常常凝视着天空中的云朵出神，她手中的针线一动不动，布安静地在一旁等待着。忽然出现一声鸟叫或别的什么声音，外婆才如梦初醒般地把目光从云端收回，细针密线地绣啊绣啊，要不了一会儿，天上的图案就出现在她手中。读过中学的舅舅说，外婆的手艺是从天上学来的。

那年秋天，我上小学，外婆送给我的礼物是一双鞋垫和一个枕套。鞋垫上绣着一汪泉水，泉边生着一丛水仙，泉水里游着两条鱼儿。我说："外婆，我的脚泡在水里，会冻坏的。"外婆说："孩子，泉水冬暖夏凉。冬天，你就想着脚底下有温水流淌；夏天呢，有清凉在脚底下护着你。你走到哪里，鱼就陪你到哪里，有鱼的地方你就不会口渴。"

枕套上绣着月宫，桂花树下，蹲着一只兔子，它在月宫里，在云端，望着人间，望着我。到夜晚，它就守着我的梦境。外婆用细针密线把天上人间的好东西都收拢来，让它们贴紧我的身体。贴紧我身体的，是外婆密密的手纹，也是她密密的心情。

直到今天，我还保存着我童年时的一双鞋垫。由于时间已经过去三十年之久，它们已经变得破旧，如文物那样脆弱易碎。但那泉水依旧荡漾着，贴近它，似乎能听见隐隐水声。两条小鱼仍然没有长大，一直游在岁月的深处。几丛欲开未开的水仙，仍然那样停在外婆的呼吸里。

我端详着外婆留给我的这件"文物"。我的手纹，努力接近和重叠着外婆的手纹。她冰凉的手从远方伸过来，感受我手上的温度。

（摘自《读者》2020 年第 2 期）

美的来路

冯　娜

　　翻阅关于宋时插花的记载，我深切感受到，恐怕再也找不出任何一个时代的人像宋人这样热爱鲜花了。无论是《梦梁录》中所记载的"仲春十五日为花朝节"，还是《墨庄漫录》中记载的洛阳"万花会"，都反映出在宋代，花会游赏不仅是风雅乐事，也是民间习俗。

　　花卉是自然之美的象征，人们亲近它，感受自然时序、季节的流转，也在盛放和凋零之间体味生命的丰美和流逝。宋代之前，插花几乎只在宫廷贵族之中流行，鲜花多作为寺庙佛堂中的供奉。到了世俗生活丰富的宋代，花卉早已深入人们生活的方方面面。宋人有"簪花"的爱好，宋徽宗每次出游回宫，都"御裹小帽，簪花，乘马"；"贫者亦戴花饮酒相乐"。赏花、插花、花卉种植、售卖等，是宋人生活的一部分。

　　南宋时期所作的《盥手观花图》就以较为典型的仕女游园为主题，描绘了一场宋人的花事。《盥手观花图》细致地刻画了三个女子在庭院中闲玩插花的情景。图中山石花丛参差，竹影疏落，看得出是一处精心布置过的园林，由此也可想象图中主角的身份，或是宫中的女眷，或是大家闺秀。两个侍女在侧，一个正为她以长柄宫扇遮凉，另一个则正在为她托钵盥手。她的眼却不在手上，而是回过头看向方几上的插花。这是这幅图最重要的一瞥，既提示了女子为何盥手，又让观者不由得随着她的眼神看向那古铜觚中的牡丹。想必，这女子刚从园林中采摘来牡丹数朵，在案几上摆插用了不少时间。待自己的作品终于完成，女子才直起身来歇凉沐手，仍不忘端详瓶中的插花是否如意。这是静态的一瞬，更是动态的一时，也许是露水轻沾的早晨，也许是午后倦懒的游园。它提示着一种封闭的时空，也描述了一个开放流动的故事。人物的情态在画中是安然平淡的，让人想到，这就是她们的日常生活。牡丹盛时，正是"春序正中，百花争放之时，最堪游赏"。让人不由得想到，这庭院之外应该也是灼灼花时，人潮涌动；这庭院之中，女子的寂寞也是宋人的寂寞。

明代的《牡丹亭》中唱道："原来姹紫嫣红开遍，似这般都付与断井颓垣。良辰美景奈何天，赏心乐事谁家院。"这个宋代盥手观花的女子，是否也有同样的闲愁和渴望呢？应该有吧，毕竟人类的情愫并未随着社会风俗的流转和世代的更迭产生不可逾越的变化。牡丹的热闹，是俗世的热闹；闺阁的忧愁，是素绢上永恒流淌的春色。

在仔细观摩现存于天津艺术博物馆的这幅画时，我特别感喟的是，这幅画的作者已经无从考证了。

我小时候很喜欢陆游的两句诗："小楼一夜听春雨，深巷明朝卖杏花。"想必，宋时的大街小巷有很多卖花人，也有很多插花、簪花人。无论是市井小民，还是深闺仕女，他们都在一夜春雨中沐浴，也被杏花的美所打动。他们侧过脸，一同往花开的方向看去——那里，是他们爱着的生活，是所有美的来路。

（摘自《读者》2020 年第 3 期）

世人谤我又如何

北溟鱼

嵇康在刑场上一共说了两句话，一句是："《广陵散》就此绝矣。"这是同天下人的告别。另一句，是说给他儿子嵇绍的："巨源在，汝不孤矣。"一个父亲死的时候，最怕孤儿寡母无人照顾；一个优秀的男人死的时候，最怕的是尚未成年的儿子将来不了解他父亲的一生。嵇康对这两点没有任何的安排，就潇洒地做了理想的殉道者，因为他知道，这一切会有人替他做好，那个人，就是山巨源。

山涛，字巨源。

山涛比嵇康大十九岁，遇见阮籍、嵇康的时候，他已经三十多岁，是竹林众人中心智最成熟、洞察力最强的一个。后代玄学家裴楷在山涛六七十岁的时候曾经和山涛共事，同样骄傲的裴楷心悦诚服地对人称赞山涛，说他是一个"悠然深远"的人。

因为嵇康那封著名的《与山巨源绝交书》，山涛作为"竹林名士"精神的反叛者，一个嵇康与之绝交的"小人"，为后代无数嵇康的崇拜者所诟病。可是，如果一个人能让你在临终之时，将尘世间最重的牵挂托付给他，不是至交又是什么？

嵇康从来没想过要和山涛绝交，看看那封信的内容和发出时间，当事人都知道，嵇康不过是拉着山涛做一出戏。

嵇康写《与山巨源绝交书》时，司马师和司马昭已在相继杀害了名士派重臣李丰、夏侯玄，废齐王曹芳，平定名士毌丘俭、文钦和王凌的地方反抗之后，逼曹氏第四任皇帝制造了进攻司马昭府邸的高贵乡公事件。但是曹髦没出宫门就被贾充指使小宦官成济刺死，功败垂成。

从上到下，公开反抗司马氏篡权的斗争基本上被处理得差不多了。竹林名士，特别是和曹氏沾亲带故的嵇康被逼着做政治表态，于是有了这封特立独行、洋洋洒洒的绝交书。

逼出这封绝交信的原因，是司马昭想让山涛掌管整个朝廷的人事变动。这是司马氏向山涛抛出的一个非常有诚意的招安书。

但山涛提议让嵇康代替他。山涛的意思也很明确：他个人坚定地站在竹林集团的一边。如果要达成两个集团的和解，就是连以嵇康为代表的竹林集团一起接受，他个人的投诚是不可能的。

嵇康怎么会不明白山涛的言外之意？只是对他个人来说，身为曹氏女婿的家族立场和过于孤傲的个性，都让他难以成为名士集团与当权者和解的带头人。看得破、忍不住的嵇康终于在司马氏兄弟杀害曹髦之后愤而提笔，表明心迹。

嵇康的反应已经超出司马昭所能够容忍的限度，于是司马昭借吕安一案将嵇康治罪处死。

摆在山涛面前的是两条路：一、跟太学生一道痛骂司马氏；二、学阮籍的样子，喝酒喝得人事不辨。可是山涛选了最极端的一条路：就任吏部郎，在司马昭和竹林集团的矛盾已经剑拔弩张的时候。

　　山涛做出这个决定，便是把自己置于两头不讨好的境地：对竹林集团的背叛，让他得不到老朋友和一众年轻崇拜者的支持；在司马昭阵营，对他一个外来的新人，也没有信任可言——司马昭的姻亲旧友早已经把地盘分割干净了。贾充、荀勖、何曾这些一开始就跟着司马昭的死党自不必说，还有高平陵政变之后投靠司马昭的朝廷大佬及他们的后代，比如钟会、卫瓘。支持司马昭的还有泰山羊氏。泰山羊氏累世重臣，羊祜的姐姐是司马师之妻，和司马昭的关系显然比山涛近。

　　然而他又必须赌一回，竹林集团的未来都在他手上捏着。山涛和其他的竹林名士不同，他出身寒族，明白嵇康他们高蹈的追求，却又比他们更谨慎、更细心。嵇康对山涛足够了解，知道他深沉坚毅，所以，骂他，也把儿子托付给他。

　　在那个玄学家被边缘化的时代，他要以这样沉重的方式担起现实的重担：在朝堂之上，为被礼法之士压得几乎难以翻身的名士集团重新赢回话语权。

　　山涛做得很出色。

　　任吏部郎后不久，也就是嵇康被害后不久，山涛很快就辞职不干，从史书上消失了。在舆论纷扰的时候，他明哲保身地带着对老朋友的怀念过了一段隐居生活。山涛决定顺从社会的潮流，他要选择一个合适的伙伴，划清他和贾充之流的界限。

　　山涛再次出山，是司马昭亲征攻打钟会，派给了山涛看家的任务，原从事中郎的职位加了一个行军司马的头衔，给了他五百个士兵，让他去邺城看着曹氏的王族。

　　看似是对山涛委以重任，实际上是在试探山涛的忠诚度。司马昭亲征钟会，首都的亲曹派有可能从邺城的王族中扶持一个傀儡出来打着拨乱反正的名义搞武装政变。司马昭的意思很明白：给你五百人，给你和姓曹的行个方便，反不反随你。实际上，五百个士兵，根本不管用。司马昭父子篡权靠的是皇家禁卫军、掌内军的中领军，中领军手下有五校、武卫、中垒三营。在曹魏最后的小皇帝曹奂时代，司马昭把都督外军的中护军和中领军的职责合并，负责软禁小皇帝和割断他与邺城王族的联系。

此时，担任中领军的是羊祜。羊祜是司马师妻子羊徽瑜的亲弟弟。所以，真正坐镇的是司马家自己人。这一点山涛心里也明白，于是他规规矩矩地完成了工作。司马昭回来后很赞赏老老实实没干坏事的山涛，在接下来的立储一事上询问了他的意见，这标志着山涛进入了政治核心。

司马昭亲征回来不久就晋升为晋王，最后一步从王到帝，他似乎并不急于完成。他倒是很着急立储的事情——焦点落在了储君到底选择大儿子司马炎，还是选择过继给司马师的二儿子司马攸。司马攸的人气很旺，因为司马师曾经说过，我的这个位子，将来是小攸的。司马攸行事很正统，温良恭俭让，符合士大夫的口味。按自己的喜好，山涛会选司马攸。

但是，揣摩一下司马昭的想法，事情没那么简单。司马攸是儿子，但过继后是侄子，没有谁愿意把侄子举在肩头送上皇帝的宝座，留儿子在下面干看着。司马师可以高风亮节把位子传给弟弟司马昭，司马昭也能发扬风格把位子传给侄子司马攸，但是司马攸呢？也传给哥哥司马炎？必然的结果就是大家打得你死我活，这是西晋惠帝时代发生八王之乱的根本原因，司马炎犹犹豫豫没把事情处理好，结果惹出大祸事。

围绕着立炎还是立攸，朝堂之上又差点儿打起来，何曾、裴秀都主张立炎。最激烈的是何曾，颇有不立炎就回家种田的决绝。这几个人，都是贾充一派的。山涛又一次低眉顺眼地从了充党，他的意见冠冕堂皇却包含了这些潜藏的考量：立长是古训。似乎，昔日的名士山涛在进入司马氏政权之后，立刻融入了圆滑与权宜。

看看他这些年的经历，简直就像是躲着官，生怕一不小心被套上乌纱帽似的：他先是在外做冀州刺史，又在曹魏旧都督邺城守事，这样过了三年，山涛被召回首都做侍中。他先后被任命为尚书、太常卿，但都没到任，最后因母丧回了老家。这些年正是任恺和贾充斗得不可开交的时候，也是羊祜在前线练兵的时候。这让人不得不怀疑，山涛这些年是有意避嫌，显示他不偏不倚的立场，让掌权的贾充找不到挑剔他的理由。

在平衡两党实力对比方面，吏部尚书是个关键位置。可是吏部尚书山涛一遇到人员空缺就拟好几个人的名单交给皇帝陛下审阅，皇帝陛下会拉着贾充一起商量人选。

谁也没注意到，朝廷里的人员变动忽然热闹了起来。和贾充吵架被免官的庾纯悄悄地去国子监做了祭酒，掌管了"皇家读经学院"。被贾充弄下台的吏部尚书任恺到了首都所在的洛阳做了河南尹。

处处示弱的山涛不显山不露水地达到了自己的目的。在主管吏部的九年里，山涛竭尽所能地把原先被遗忘在政治舞台之外的名士塞进各部。

山涛也免不了要提防着贾充的暗箭冷枪，比如说咸宁四年（278 年），山涛提名阮咸做吏部郎一事。

这件事情之前，山涛一路升官，从尚书右仆射一路升到左仆射，主管选举，风光正好。面对名士阵线在选举上越来越强的实力，贾充决定必须安插一个人在吏部。山涛提名阮咸做吏部郎的时候，贾充提名了另一个人：陆亮。

烫手山芋又抛到了司马炎的面前。这个时候司马炎还真有点儿为难，一方面要团结力量，但老是打压贾充难免让名士得意忘形。所以他干脆先卖贾充一个面子。

于是，陆亮成了吏部郎。

山涛看见这个结果，心里非常不悦。对于这种事情，山涛有他自己的准备：他随时准备递辞呈。贾充惹到山涛的底线，山涛就跟皇帝要求回家。每次都有让皇帝没法拒绝的理由。这回，山涛立刻上书，说"从弟妇丧"要回去。

司马炎当然明白山涛的意思：只要他不想干了，家里就一定有人死了要他辞官回家。先是母亲，这回七大姑八大姨连堂弟媳妇都出来了。皇帝赶紧下书，劝了一下，不让他走。山涛不肯卖皇帝这个面子，坚持要辞职。来来回回数十趟，左丞白褒看不下去了：山涛不干就算了，没人要逼着你。他上书皇帝准山涛回家。但皇帝是绝对不可能让山涛走的，他一走，这好不容易建立起来的平衡就又被打破了。于是司马炎下诏说，山涛年纪大了，遭逢这样的事情太辛苦，体力不好，所以才迟迟不上班。你们去看看他，如果还没恢复的话，就接他来吧。

山涛虽然罢官抗议没成功，但是也在皇帝这里扳回一局，输得不难看。况且下一年晋国伐吴，贾充在一堆主战的大臣间被司马炎赶鸭子上架做了总指挥，大家各有输赢，也不丢人。

名士阵线和礼法阵线的斗争一直持续到贾充去世。这之后，大家几乎都接受了玄学家的生活态度——悠然深远，却又开始往虚无的深渊滑下去，这未必是嵇康他们所期望的。

对一直活到太康四年（283 年）的山涛来说，正始年间的腥风血雨，魏晋禅代路上的无数浅滩，他都安全地站对了地方，并能够在泰始和咸宁年间为自己的朋友们做一些立身保命的事情。想想死在司马氏刀下的嵇康，他总算对得起他。

（摘自湖南人民出版社《在深渊里仰望星空：魏晋名士的卑微与骄傲》一书）

李渔的窗子

大　西

李渔的人生有一大恨。

当年他住在西湖湖畔时，很有些想法：买一只画舫，旁的不求标新立异，只需在窗子上做做文章。在《闲情偶寄》里，李渔把他的设想写得清清楚楚：画舫四面包裹严实了，只在左右两侧留下虚位，"为'便面'之形"。"便面"这个词听起来有些费解，说白了就是"扇面"。

于是舟行湖上：

"则两岸之湖光山色、寺观浮屠、云烟竹树，以及往来之樵人牧竖、醉翁游女，连人带马，尽入便面之中，作我天然图画。"

这不正是"你站在桥上看风景，看风景的人在楼上看你；明月装饰了你的窗子，你装饰了别人的梦"？

李渔觉得自己的更高级之处在于，他将画舫的窗子设计成了扇形——那么多能工巧匠、设计人才，哪个似我这般有想法！

李渔最终没能如愿。在杭州时财力不逮，有心无力，后来移居南京，再无可能。于是他长叹一声："何时能遂此愿啊，渺茫渺茫。"

说到窗子，可不能等闲视之。

两千年前的某个晚上，酒喝到恰恰好的曹操对着月色，思绪万千，长吟一句："明明如月，何时可掇？"欲上青天揽明月的渴望，大概从古至今从没断绝过——古人造的那个"明"字，就是明证。一个"明"字，今人脱口而出"日月明"，可能不是那么回事儿，而是"囧月明"。

"囧"，正是定格了月亮的窗子。夜阑人静，明月在窗，内心不由得"膨胀"：此刻的月亮，岂非只为我而存在？

窗子的历史自比文字的历史要久远得多，窗户纸却是后来的事。

元和十二年（817年）春天，江州司马白居易呼朋引伴，又请来东林寺、西林寺的长老，备了斋食茶果，庆祝他的新居庐山草堂落成。

这是白居易被贬到江州的第三年。他不得已收起兼济天下的豪情，转向独善其身。

搬进新居已经十来天了，眼前的草堂仰可观山色，俯可听泉音，白司马很满意。三间屋子，中间是厅堂，两侧是内室。夏天，打开北边的门，凉风习习来；冬天，南面的阳光照进来，屋里暖洋洋。内室的四扇窗子，贴上窗纸，挂上竹帘麻帐，窗外竹影随风而动，啧啧。

不过，白居易坐在窗前时，大概也不免遗憾：不能推开窗，探出头去，看有没有新笋冒出来——唐代，墙上开的窗子，多是没有启闭功能的直棂窗，棂条纵向排列，是固定的。能启闭的窗子倒也不是没有，李白就写过"开窗碧嶂满，拂镜沧江流"，只是远没到普及的地步。

宋代的窗子，就高级多了。南宋宫廷画家刘松年笔下的宅子，单薄程度多少让人心疼古人。外面白雪皑皑，宅子的墙却是一水儿的格扇——由上至下，都是一纵一横的木条构成的方格子，格子上只覆着薄薄的窗纸。窗纸白透，是标准的宋代文人的审美，虽云淡风轻，却不免让人哆嗦：就算里面生着火炉，就算一千多年前的临安比如今暖和些（有考据如此说），不冷吗？

一到夏天，窗子又摇身一变。比如范成大说的"吹酒小楼三面风"，四围的隔断只留下一堵背墙，其余三面，统统凿窗！简直太任性了：只用一面墙撑起整座建筑？不错。中国的木结构建筑，不要说拆掉三面墙，四面都去掉也不在话下。

津津乐道于窗子的文人向来很多，否则苏州的留园不会单单园林取景用的漏窗就有六十多款，沧浪亭的漏窗款式则奢华至一百零八式。

文徵明的曾孙文震亨，秉承了祖上的基因，终日在苏州香草垞里钻研他的园子和日子。在他的那部"明代优雅生活指南"《长物志》里，他指点道："长夏宜敞室。尽去窗槛，前梧后竹，不见日色。列木几极长大者于正中，两傍置长榻无屏者各一。不必挂画，盖佳画夏日易燥，且后壁洞开，亦无处宜悬挂也。北窗设湘竹榻，置簟于上，可以高卧。几上大砚一、青绿水盆一，尊彝之属，俱取大者。置建兰一二盆于几案之侧。奇峰古树，清泉白石，不妨多列。湘帘四垂，望之如入清凉界中。"那些窗槛什么的，都拿掉！于是屋外竹林荫翳、清泉击石，屋内竹榻可以高卧、墨砚已经备好，屋内屋外，哪里有间隔，全然一片清凉之境。

也是在香草垞，文震亨纠结再三，接受了朝廷的征召，去京城为崇祯帝料理琴棋书画之事，不几年又回到这里。清兵攻陷苏州，文震亨不愿做贰臣，投阳澄湖自尽。被救起，绝食六日而死。

对骄傲的文震亨而言，那些窗前美好的日子已然远去。就这样吧，就这样吧。

花木兰从战场归来，"当窗理云鬓，对镜贴花黄"；李清照却在那个秋日，三杯两盏淡酒，梧桐更兼细雨，心情萧瑟，"守着窗儿，独自怎生得黑？"李白的"寒月摇清波，流光入窗户"，也许是在某回醉舞狂歌之后；杜甫流寓成都，所幸还能见到草堂"窗含西岭千秋雪"；而苏轼十年梦回，眼前竟是早已故去的结发妻子"小轩窗，正梳妆"。

十年寒窗，浮生一日，悲欢离合。窗子内外，一幕幕剧情在岁月里上演。

（摘自《读者》2020 年第 6 期）

勇

李敬泽

据说，古时有三位勇者。

一位是北宫黝。该先生受不得一点儿委屈，"不受于褐宽博，亦不受于万乘之君"，别管你是布衣百姓还是大国君主，惹了他，他就跟你翻脸；"恶声至，必反之"，怎么骂过来的，怎么原样骂回去，或者索性拔刀相向。

北宫黝大概是个侠客，闲下来也许还写点儿杂文。另一位勇者孟施舍可能是武士或将军，他的勇比较简便：不管对方是小股来袭还是大军压境，一概"视不胜，犹胜也"，不管是否打得过，先打了再说。

后来，有人向孟子请教如何做个勇敢的人，孟子举出北宫黝、孟施舍，觉得没说清楚，又举出第三位——孔子。

孔子之勇是："自反而不缩，虽褐宽博，吾不惴焉；自反而缩，虽千万人，吾往矣。"

"缩"不是畏缩之"缩"，而是古时冠冕上的一条直缝。也就是说，摸着心口想想，如果直不在我，自己没理，那么就算对方是个草民，也别欺负人家；但如果想的结果是自己理直气壮，那么，"虽千万人，吾往矣"。

孟子认为，孔子之勇是大勇。对此，我同意。孔子与前两位的不同之处在于，他使勇成为一个伦理问题：勇不仅体现一个人的胆量，它还关乎正义，以及由正义获得的力量和尊严。

但这里有个问题，就是孔子假定大家的心里都有同一条直线，摸一摸就知道有理没理，是否正义。在古时候也许是如此，但如今，我担心我心里的直线和别人心里的直线根本不是一条线。我觉得我有理，他觉得他有理，两个理还不是一个理，结果就是谁也不会"自反而不缩"——老子有理我怕谁？有理没理最终还是得看拳头大小。

所以，为了让我们勇得有道理，最好是大家坐下来，商量出一条共同的直线。但对此，我的看法极不乐观，我估计至少再过两百年，那条直线才可能被商量出来并落实到大家的心里，这还得有个前提，就是在这两百年里，人类仍然在争斗中幸存。

那怎么办呢？孟子没有想到这个问题，所以他没说。现在我苦思冥想，忽然发现，在这三位勇者中其实就另有一条共同的直线——北宫黝先生不怕老百姓，也不怕国王；孟施舍先生不怕小股敌人，也不怕大部队；孔老夫子没理绝不欺负任何人，只要有理，千万人他都不怕。总之，他们都是一个人站在那里，站在明处，面对这个世界。

我认为这就是勇之底线。在众人堆里呐喊，这不叫勇，这叫起哄，这叫走夜路吹口哨给自己壮胆。勇者自尊，他不屑于扎堆起哄，更不会挟虚构或真实的多数以凌人。他的尊严在于他坚持公平地看待对方，如果他是个武士，他不会杀老人、妇女、孩子和手无寸铁的人；但对方即使有千军万马，他也不认为不公平——很好，来吧。这是勇者。

三位勇者为勇确立了一个根本指标，就是看看自己是否真的决心独自承担责任和后果。这样的勇者，从来都是人类中的少数。当然，两千多年过去了，现在是网络时代，到网上看看，似乎已是勇者遍地，但我认为上述指标依然适用。比如，在网上向着八竿子打不着的什么东西怒发冲冠，把键盘拍烂，但转过脸被上司辱骂，有理也不敢还嘴；或者走在大街上碰见流氓急忙缩头，那么，这样的勇不要也罢。因为它是藏在人堆里的勇、免费的勇，它就是怯懦。

话说到这儿，我觉得我知道了什么是勇，但我不敢肯定我能够做到。孔夫子还说过一句话，"知耻近乎勇"，我能做到的是在自己触了电般张牙舞爪时按上述指标衡量一下，如果忽然有点儿不好意思，那么就知耻，拔了插销，洗洗牙和爪，上床睡觉。

（摘自《读者》2020年第7期）

春天里的诗

李修文

大雨过后，春天来了。我先是看见河水变得异常清澈，鱼苗被水草纠缠，只好不停地翻腾辗转，可是，一旦摆脱水草，它们就要长成真正的鱼；一群蜜蜂越过河水，直奔梨花和桃花，我便跟随它们向前奔跑，一直奔到桃树和梨树底下，看着它们从桃花飞到梨花，再从梨花飞到桃花，埋首，匍匐，大快朵颐，间或张望片刻，似乎是怕被别人知晓此处的秘密。而后，群蜂不经意地眺望，但都将被震慑——远处的山峦之下，油菜花的波浪仿佛从天而降，没有边际，没有尽头，不由分说地一意铺展开来。如此一来，蜂群就像醉鬼们远远地看见酒厂，全都如梦初醒，赶紧上路，想让自己早一点彻底醉倒，不如此，岂不是辜负了山河大地的恩宠？

我继续跟着蜂群往油菜花地里奔跑，没跑几步，便看见正在争吵的和尚与诗人。和尚是哥哥，已经出家好几年了，可是，一年四季，用他自己的话说，除了念经打坐，他就没有哪几天是可以不用担心那个不成器的弟弟的。

所以，只要有点空，他便要往家赶，好知道那不成器的弟弟，到底吃饱饭了没有。那弟弟也是荒唐，高中毕业之后，一心要做个诗人，既不安心种地，又不外出打工，甚至连诗也没有写出来几首，终日里好似游魂一般，绕着河水打转，绕着田埂打转。转着转着，他便忍不住哭了出来。有一回，下雨的时候，他正在哭泣，恰好遇见我。"多美啊！"他哽咽着，让我去看雨幕里的麦田，"你说，要是有人看见它们都不哭，那么，他还是个人吗？"

可是，我只有十岁出头。望着雨水和麦田，我必须承认，眼前所见，的确是美的，但我还不至于为它们落泪，往往是局促一阵子，便羞惭地跑开。但我不会跑得太远，怀揣着巨大的好奇心，我会远远地躲起来，再看着他哭泣、奔跑和仰天长啸。

一如此刻，油菜花地里，蜂群早已经抛下我，消失在我一辈子也数不尽的花朵之中。我便在潮湿的田埂上坐下，去偷听和尚与诗人的争吵。一如既往，和尚先是耐心劝说诗人，莫不如跟自己一起剃度出家，总好过没有饭吃；诗人却说，吃饭只是一件小事，他的大事，是要等着诗从地里、河里、树林里长出来。和尚气不打一处来，愤怒地质问诗人，写诗到底有什么用？诗人动了动嘴角，告诉和尚，万物自有灵，念经打坐也不会帮助一株油菜长得更繁更茂，那么请问，念经打坐有什么用？话已至此，和尚忍不住要打诗人，终于未能伸手，却一眼看见了我。我还未及闪躲，他倒是拖拽着诗人一路小跑着来到我跟前。

当着我的面，那一对兄弟竟然打起了赌，口说无凭，以我为证：哥哥念经，弟弟念诗，如果我觉得哥哥念的经好听，弟弟现在就跟着哥哥去出家；如果我觉得弟弟念的诗好听，哥哥从此不再多说一句，任由弟弟不成器下去。但有一条，弟弟念的诗，得是自己写出来的，而且，是即兴写出来的。或许是好奇心还在继续，也或许是以为见证这一场"赌约"能够加快自己长大成人，仓促之间，我竟懵懂地点头，眼看着和尚在我对面盘腿坐下。

多年以后我才知道，油菜花地里响起的念诵，不是别的，正是《地藏经》——那一段让人失魂落魄的念诵之声啊，一时如雨滴滑过柳条，欲滴未滴，其下流淌的河水也只好驻足不前，等待着它们的加入；一时又如在夜晚成熟的豆荚，欲绽未绽，黑黢黢的身体里正在酝酿小小的雷霆，却又被月光惊吓，一再推迟彻底的暴露；慈悲音和喜舍音，云雷音和狮子吼音，少净天与遍净天，大梵天与无量光天，这些经书里的命名与指认，我至少需要二十年才能些许明白它们究竟为何物，但它们都在念诵里早早示现，化作少年眼前清晰可见的一景一物。它们是报春花和油菜花，石榴树和苹果树；它们是穷人摘下的豌豆角，瞎眼的人望见了火烧云。是的，它们几乎是大地上的一切。而和尚仍然闭目，念诵还未停止，我的狂想便继续奔流向前。那一段让人失魂落魄的念诵之声啊，先是变作半睡半醒的喜鹊，慵懒地鸣叫了一声，一枚果实便应声出现在枝头上；而后，它又变作夏天里的稻浪，风吹过去，稻浪不发一言，沉默地绵延起伏，像是受苦人忍住了悲痛。但是，所有的酸楚与哽咽，都将在稻穗与稻穗的碰撞中得到久违的报偿。

真好听啊。和尚早已结束了念诵，我却仿佛陷落在一个被光明环绕的山洞里无法脱身，张了张嘴巴，好半天也说不出话。对于我的迷醉，和尚显然心知肚明，甚至不等我评点，便赶紧吩咐诗人念一首他自己写的诗，这首诗，必须是他自己即兴写出来的。诗人愣怔了一会儿，终是不服气，下定了决心，跳下田埂，拨开一株半人高的油菜，再拨开另一株比他还高的油菜，踩踏着脚底下湿漉漉的泥巴，反倒像一个去意已决的求法僧，倏忽之间便消失不见。

作为一桩"赌约"的见证人，哪怕诗人不见了，我也不能随意离开。我便老老实实地继续在田埂上坐着，偷偷打量着近处的和尚：弟弟毕竟是他的心头肉，哪怕只离开了一小会儿，他也忍耐不住。他跟了上去，没跟几步，叹息一声，掉转了身子，和我一样，在田埂上坐下，闭目，但没有念经。这时候，黄昏正在加深，满天的火烧云像是在突然间窥见了自己的命运，说话间便要从天空中倾倒下来，再和大地上金黄色的波浪绞缠奔涌，一路向前。

最终，它们将在夜色来临之前奔入山丘与山丘搭成的巨大熔炉。我正恍惚着，和尚却已不耐烦，站起身，在田埂上来回走动，踮起脚尖往前眺望。可是，弟弟的身影一直没有出现，他也只好强忍怒意重新坐下，再次闭上眼睛。

直到天黑，由远及近，油菜花地里终于响起窸窸窣窣的声响，差不多同时，我跟和尚一跃而起，等着诗人现出身形。然而，他却久久未能推开密不透风的油菜跨上田埂。这时候，和尚再也忍耐不住，拨开油菜，一把拽出诗人，劈头就问："你的诗在哪呢？还有，写不出就写不出，你哭什么哭？"听见和尚这么说，我便往前凑近了一步。借着一点微光，我终于看清楚，真真切切地，诗人的脸上淌了一脸的泪。沉默了一会儿，诗人还是承认了，他确实写不出一首诗。然而，只要不让他出家，让他一直待在这里，或早或晚，他一定会写出诗来。因为，地里、河里、树林里迟早会长出诗来，到了那时，诗就自然会从他的身体里跳出来。就像刚才，油菜地西北方向的深处，他刚刚在一条小河边站定，立刻就忘记了这世上的一切，甚至忘了写诗。美，他只看到了美，他唯一能够想起的，也只有美。一看见美就在眼前，一想到美就在眼前，他的眼泪，便再也止不住地涌了出来。

（摘自湖南文艺出版社《致江东父老》一书）

盛唐最沉的十四个字

田 坤

　　岐王宅里寻常见，崔九堂前几度闻。

　　正是江南好风景，落花时节又逢君。

——杜甫《江南逢李龟年》

　　有人说，这是一首关于盛唐概括程度最高的悼念诗，也是一首极悲伤的盛世哀歌。那么问题来了，诗人为什么在岐王府里？为什么在崔九堂前？

　　让我们讲两个故事。

　　第一个故事是关于岐王的。

　　岐王的名字叫李隆范，排行第四，他排行第三的哥哥，大名鼎鼎，叫李隆基，也就是后来的唐玄宗。

　　李隆基发动两次政变，拯救家族于水火之中，武德殿外杀声四起，哀声也四起。于是兄弟们都知道，老三这是要掌握实权了。

　　唐睿宗李旦封太子的时候，长子李成器说，"时平则先嫡长，国难则归有功"，让出储君之位。李隆基登基的时候，四弟李隆范说，我要避三哥的名讳，去掉"隆"字，从李隆范变成李范，也就是后来的岐王。

岐王是个好弟弟，他跟着哥哥，杀了他们的姑姑太平公主。权柄之侧再无威胁，所以哥哥很满意，于是改年号为开元，这一年是公元713年，中国古典时期最伟大的时代，就此开始。

这就是好兄弟的故事。

现在我们来讲第二个故事，是关于好朋友的。这就与"崔九堂前"有关了。

崔九名叫崔涤，是世家崔氏的子弟，这不重要。重要的是他与李隆基年少时，来往密切，关系亲密。崔九还有个哥哥，叫崔湜，崔氏兄弟和皇帝三人，年少时曾像兄弟一样相处游乐。《旧唐书·崔湜传》载："玄宗在东宫，数幸其第，恩意甚密。"

在权力大潮的冲击之下，三个共同玩乐的少年关系发生变化。弟弟继续与李隆基交好，哥哥却在权焰的吸引下，不断靠近未来皇帝的敌人。哥哥还做了一件李隆基不能容忍的事情，史书上说得很明白："谋废立。"

于是，残酷的事情发生了——先天政变，李隆基获得最后的胜利。

李隆基在杀姑姑的时候，顺手就除掉了自己曾经的好朋友——崔九的哥哥崔湜。这没什么好说的，连皇帝自己也差一点儿就要被杀了啊！

于是，这一年的七月，贵族们在喜气洋洋、举杯欢宴的欢乐气氛中度过。艺术家们为政治家的血腥胜利送上欢歌——御阙高楼，群娥舞蹈，皇帝亲手奏起了龟兹鼓乐，一派祥和的景象。

帝国最伟大的歌唱明星——李龟年，在那厢嘹亮地歌唱；贵族们，则在这厢一一接受封赏。岐王李范从玄宗诛太平公主、窦怀贞等，"以功加赐实封满五千户，下制褒美"。以崔九为秘书监，"出入禁中，与诸王侍宴不让席，而坐或在宁王之上"。

觥筹交错的欢乐之间，李龟年在歌唱，而崔九哥哥的灵柩，还在归乡的路上。

这就是好兄弟的故事。

我们要知道,这一年,写这首诗的诗人杜甫,刚刚出生,还是个婴儿。他未来的知己苏源明,还在泰山深处艰难地读书,充满渴望地望着长安,想要了解这些宫阙之间的欢声和笑语。

在之后的数十年里,这样的欢宴还会在同样的场地进行很多次。慢慢地,岐王会忘掉自己的姑姑,崔九也会把自己的哥哥忘掉。他们一次次地举办欢宴,歌唱、醉酒、赋诗……半个多世纪后,杜甫度过了自己沧桑的一生。在一场晚宴上,他认出了李龟年。《明皇杂录》中记载:"龟年流落江南,每遇良辰胜赏,为人歌数阕,座中闻之,莫不掩泣罢酒。"

他是谁,人们彼此提醒着他的身份,并且马上想起那个美妙的时代。

美国著名汉学家宇文所安在《追忆》一书中写道:"只需要稍微提醒一下,就像和老朋友谈话时,说句'还记得那个夏天吗?'各种细节便会涌入我们的记忆……他站在他们面前,不仅仅是为他们歌唱,同时也使他们想起他的往昔……四周笼罩着开元时代的幽灵,一个恣纵耽乐,对即将降临的灾难懵然无知的时代。"

婴儿,变成贫困潦倒的诗人;帝国的明星,变成头发雪白的老人。

他们共同经历了安史之乱,经历了盛世的坍塌,经历了无尽的灾荒和人祸。现在他们相遇了,该怎么诉说彼此的一生呢?

他们曾一次又一次地相会,但这一次非同以往,他们都已是老人了,这次,也许就是最后一次。谁也没有办法说出"何日再会"四个字。

宇文所安说:"诗人把它说成普通的重逢——我又碰到你了——有一半是为了装样子,想要掩饰他因这次相逢而承受的重量。"

于是,杜甫说出了盛唐最沉重的十四个字:"正是江南好风景,落花时节又逢君。"

相逢又失去,失去又相逢。

(摘自《读者》2020 年第 7 期)

骨中的钙

潘向黎

有一次接受采访，被问及："在你心目中，鲁迅是什么？"我答："鲁迅先生是水中的盐，骨中的钙，云中的光。"

这个评价，若是放在唐朝，诗人中有人配得上吗？我觉得有，刘禹锡。

刘禹锡和柳宗元并称"刘柳"，他们就是"永贞革新"的骨干"八司马"中的两位，也因此同时、同步地被打压，反复而长期地被贬谪。刘禹锡先被贬为朗州司马，后调为连州、夔州、和州刺史。

和柳宗元的愁苦抑郁、内敛隐忍不同，刘禹锡性格爽朗倔强，不平则鸣，敢怒敢言，从不低头，从不绝望。他似乎具有从逆境中获得反作用力般的能量——被打压得越厉害，脊梁挺得越直；环境越黑暗，内心的光焰越亮。这样一个人，令人惊，令人叹，令人敬。

强者首先是一个正常人，逆境中当然会有愁绪。他在回答柳宗元的诗中写道："归目并随回雁尽，愁肠正遇断猿时。"（《再授连州至衡阳酬柳柳州赠别》）当然更会有对那些居心险恶的宵小之辈的愤恨："长恨人心不如水，等闲平地起波澜。"（《竹枝词九首之七》）但是仅仅如此，他就不是刘禹锡了。

刘禹锡更强大，更宽阔，更坚韧。对于政敌，他更多的是轻蔑、讥讽和嘲笑。被贬十年之后第一次被召回长安时，他毫不隐晦对敌人的鄙视和讥讽："紫陌红尘拂面来，无人不道看花回。玄都观里桃千树，尽是刘郎去后栽。"（《元和十年自朗州至京戏赠看花诸君子》）——满朝风光的新贵，不过是在把我排挤出去后才小人得志罢了。此诗一出，他和伙伴们立即遭到打击报复，再次遭贬。刘禹锡一贬就是十四年，其间经历了四朝皇帝，才被再次召回。

到这里，我耳边不禁响起《红楼梦》中宝玉挨打后黛玉含泪说的那句话："你从此可都改了罢！"黛玉这么说，其实是很纠结的，她自己也不知道究竟希望听到哪一种回答：不改吧，不知道还要吃多大苦头；改吧，委屈了人不说，高贵的性情渐渐泯于众人，又是何等悲哀！刘禹锡如果为了保全自己，就此"改了"也很正常，不过，他的读者心底又难免不希望他如此"明智"。

刘禹锡用行动做了回答。十四年后，这个硬骨头活着回来了。一回来，马上又去了惹祸的玄都观。去就去了，还写诗吗？写！就是《再游玄都观》。这回他懂得含蓄，不惹是生非了？怎么可能！他不但在诗前加了小序，原原本本记述了因诗惹祸的经过，而且嬉笑怒骂得更加从容："百亩庭中半是苔，桃花净尽菜花开。种桃道士归何处？前度刘郎今又来。"——过去权倾一时的那些当权者，你们现在在哪里呢？曾被你们迫害的刘禹锡又回来了。这首诗，一点都不咬牙切齿，这是真正的胜利者唇边的笑容，那般自信，那般高傲，举重若轻，漫不经心，因此特别耀眼。这样以生命和性情铸就、人格熠熠生辉的诗，怎能不被千古传诵？

然而这种高傲的代价是惊人的。他的贬谪生涯，竟长达二十三年。白居易也为他鸣不平："为我引杯添酒饮，与君把箸击盘歌。诗称国手徒为尔，命压人头不奈何。举眼风光长寂寞，满朝官职独蹉跎。亦知合被才名折，二十三年折太多。"（《醉赠刘二十八使君》）最后两句是说：也知道官运会被诗名、才气折损，但二十三年也实在折得太多了！对刘禹锡过人才华的极度赞美和未能施展抱负、受尽挫折的无限同情，尽在其中。

这样的理解和同情是让人温暖而伤感的，哪怕是对一个斗士。但是刘禹锡的襟怀是宽广的，他以一首千古绝唱来回答："巴山楚水凄凉地，二十三年弃置身。怀旧空吟闻笛赋，到乡翻似烂柯人。沉舟侧畔千帆过，病树前头万木春。今日听君歌一曲，暂凭杯酒长精神。"（《酬乐天扬州初逢席上见赠》）都说此诗乐观，这里面其实是牢骚。一开头就提到了自己被弃置的时间：二十三年。在这漫长的年月里，诗人怀念一起受苦的朋友们，也只能枉自吟诵向秀听见笛声而怀念故友所写的《思旧赋》，回到家乡已经像那个入山砍柴遇仙人下棋，一局未终而斧柄已烂，回到家里才晓得已过百年的古人，俨然成了一个隔世的人。我和同道们像沉船一样，眼看着千帆竞发从身边过去，萧索的病树前头千木万树正在争春……"沉舟侧畔千帆过，病树前头万木春"是千古名句，但是对它的理解却见仁见智。就我所见，至少有三种解释。大致概括如下：一说，虽然自己无所作为，但是仍充满希望，因为新旧更替，社会总在前进。二说，"沉舟""病树"指自己，"千帆""万木"指自己的战友，是感叹自己蹉跎之余对同道奋进表示欣慰，有勉励和自勉之意。三说，"沉舟""病树"包括了自己和战友们，"千帆""万木"指满朝新贵，诗句包含无限愤慨和嬉笑怒骂，只不过很含蓄。

根据诗人生平和当时局势，我倾向于相信：这是大牢骚，是嬉笑怒骂。只不过，两句完全诉诸形象，生动如画，画面本身充满生机，似乎蕴含一种哲理，所以常被后人有意无意"曲解"成"在困境中总有希望""新事物必定战胜旧事物"等意。我想，如果诗人本是发牢骚，但是后人"拿来"自勉、勉人，有何不可？如果生性开朗豁达的刘禹锡知道了，也只会开怀大笑。

最后诗人说：今天听了你为我而歌的一曲，我们共饮几杯，忘却忧愁，还要好好振奋精神呢！将白居易的无奈、郁闷变为豁达、明快，到这时，对世事的变迁、人生的得失，他都已经看开，道义和品格的胜利击退了现实中的挫折和苦难。

他不再是"彩云易散琉璃脆"，而是在云般高洁、琉璃般剔透的同时，长出了硬骨头，经风雨，抗击打。这样的强者，给诗人的称号、给民族的人文骨骼添加了硬度。

（摘自生活·读书·新知三联书店《看诗不分明》一书）

卖 书

宗 璞

几年前，我写过一篇短文《恨书》，恨了若干年，结果是卖掉。

这话说说容易，真要做时也颇费周折。

卖书的主要目的是扩大空间。因为侍奉老父，多年随居燕园，房子虽不小，但大部分为书所占。四壁图书固然可爱，但到了四壁容不下，横七竖八向房中伸出，书墙层叠，挡住去路时，则不免闷气。而且新书源源不绝，往往信手一塞，便混入众书之中，再难寻觅。有一天我忽然悟出，要有搁新书的地方，得先处理旧书。

其实处理零散的旧书，早在不断进行。现在的目标，是成套的大书，以为若卖了，既可腾出地盘，又可贴补家用，何乐而不为？依外子仲的意见，要请出的首先是"丛书集成"，而我认为这部书包罗万象，很有用；且因他曾险些错卖了几本，受我责备，不免有衔恨的嫌疑，不能卖。又讨论了百衲本的"二十四史"，因为放那书柜之处正好可以放饭桌。但这书恰是父亲心爱之物，虽然他现在视力极弱，不能再读，却愿留着。我们笑说这书有大后台，更不能卖。仲屡次败北后，目光转向《全唐文》。《全唐文》有一千卷，占据了全家最大书柜的最上一层。若要取阅，须得搬椅子，上椅子，开柜门，翻动叠压着的卷册，好不费事。作为唯一读者的仲屡次呼吁卖掉它，说北大图书馆对许多书实行开架，查阅方便多了。又不知交何运道，几经洗礼，这套书无污损，无缺册。我心中暗自盘算，一定卖得好价钱，够贴补几个月。经过讨论协商，顺利取得一致意见。书店很快来人估看，出价一千元。

这部书究竟价值几何，实在心中无数。可这也太少了！因向图书馆馆长请教。过几天馆长先生打电话来说，《全唐文》已有新版，这种线装书查阅不便，经过调查，价钱也就是这样了。

书店来取书的这天，一千卷《全唐文》堆放在客厅地上等待捆扎，这时我拿起一本翻阅，只见纸色洁白、字大悦目。我随手翻到一篇讲音乐的文章："烈与悲者角之声，欢与壮者鼓之声；烈与悲似火，欢与壮似勇。"心想这形容很好，只是久不见悲壮的艺术了。我又想知道这书的由来，特地找出第一卷，读到嘉庆皇帝的序文："天地大文，日月山川，万古昭著者也。人受天地之中以生，经世载道，立言牖民，观乎人文以化成天下，文之时义大矣哉！"又知嘉庆十二年（1807年），皇帝得内府旧藏唐文缮本一百六十册，认为体例未协，选择不精，命儒臣重加厘定，于嘉庆十九年（1814年）编成。古代开国皇帝大都从马上得天下，也知道以后不能从马上治之，都要演习斯文，不敢轻渎知识的作用。我极厌烦近来流行的宫廷热，这时却对皇帝生出几分敬意。

书店的人见我把玩不舍，安慰道，这价钱也差不多。以前官宦人家讲究排场，都得有几部老书装门面，价钱自然上去。现在不讲这门面了，过几年说不定只能当废纸卖。

为了避免一部大书变为废纸，遂请他们立刻搬走。还附带消灭了两套最惹人厌的《皇清经解》。《皇清经解》中夹有父亲当年写的纸签，倒是珍贵之物，我小心地把纸签依次序取下，放在一个信封内。可是一转眼，信封又不知放到何处去了。

虽然得了一大块地盘，许多旧英文书得以舒展，心中仍觉不安，似乎卖书总不是读书人的本分事。及至读到《书太多了》这篇文章，不觉精神大振。吕叔湘先生在文中介绍了一篇英国散文《毁书》，那作者因书太多无法处理，用麻袋装了大批初版诗集，趁午夜沉之于泰晤士河。书既然可毁，卖又何妨！比起毁书，卖书要强多了。若是得半夜里鬼鬼祟祟跑到昆明湖去摆脱这些书，我们这些庸人怕只能老老实实缩在墙角，永世也不得出来了。

最近在一次会上得见吕先生，因说及受到的启发，吕先生笑说："那文章有点讽刺意味，不是说毁去的是初版诗集嘛！"

可不是！初版诗集的意思是说那些不必再版，经不起时间考验的无病呻吟之作，也许它们本不应得到出版的机会。对大家无用的书可毁，对一家无用的书可卖，自是天经地义。至于卖不出好价钱，也不是我管得了的。

如此想过，心安理得。整理了两天书，自觉辛苦，等疲劳去后，大概又要打新主意。那时可能真是迫于生计，不只为图地盘了。

（摘自作家出版社《告别阅读》一书）

耐人寻味的中国味
辛丰年

　　民歌民乐中不乏"喜洋洋"的"欢乐歌"。然而最有味且最难忘的还是悲凉之音。说到悲凉之音，我想莫过于《二泉映月》了。

　　老唱片中有阿炳的遗响，只是难以作为依据来追踪其真味，毕竟音效不好。无可奈何！自从知道有"二泉"，各种诠释听得也不算少了，对那悲凉之味是听之愈久，感之弥深。未料几年之前又入新境界，从广播中听到了蒋风之的演奏。音效虽也不理想，但那卓然不同的诠释产生了强大的说服力，简直把人的魂都摄住了！

　　这时早已多次听过吴祖强改编的弦乐合奏曲。由于和声复调的运用、弦乐配器效果的发挥，"二泉"发出了更为宽广深沉的声音。听了蒋氏的独奏，觉得这两根弦上流出的单音旋律并不弱于一个弦乐队那几十根弦上的和音。听他演奏，眼前如见阿炳。斯人憔悴，抱琴而奏，以琴代歌，长歌当哭，踽踽凉凉，边奏边行，弦音苍老，甚至带点沙哑，反而更有歌哭之味。

加上节奏渐趋急促……我惊叹这小小胡琴上迸发出的中国味竟是这么浓烈，又好像，到此时才真正认识了"二泉"！

源远流长，中国味各式各样。比如江南丝竹是一种美，尤其那灿若云锦的《中花六板》，好像《浮生六记》的绝妙配乐。又如粤曲，有一种别样的美，妖娆艳丽。记得电视剧《虾球传》，一开始配了句《旱天雷》，气氛渲染得妙极。如果用粤曲配张爱玲的某些小说，可能也合适。这以上两种绝不相似的音乐，都让我联想到不同地区、不同时代的人的繁华梦、悲欢情。这既不同于琴曲之雅，又不似农村民歌之俗，似乎大有市井气味了。

又比如昆曲《游园》中"良辰美景奈何天"那一大段音乐，写景传情，魅力可惊！听了这儿，才懂得，《红楼梦》第二十三回中，曹雪芹写黛玉梨香院听曲的那篇文字，绝非随便扯上这段戏文。

读敦煌唐琵琶谱今译，难信：这同唐诗中所绘之声是一回事？唐宋的法曲、词乐就那么声沉响绝了！然而细读朱谦之《中国音乐文学史》，又生狂想：今天的民歌民乐，并非无源之水、突如其来。从今别离中想古别离，从今女怨中想古女怨，传统的精魂恐怕是不绝如缕的。更可思的是，正如朱氏所说，中国文学自来便同音乐相结合。我想这种难解难分的关系似乎不仅在于诗与乐的联姻。诗中有画不奇，微妙的是诗中有乐。中国诗尤其词中的音乐性是极微妙的，凡人说不清，但可体验。

因此便感到，高度音乐化的五代词、宋词，那文字的外壳里好像有吟之欲出的乐音。这种记不出谱的旋律也许比外在的词曲音乐更奇妙。

对照古代文学与音乐的密切关系，现代好像是文乐分驰，文人也"非音乐化"了！埋藏于古代文学中的"音乐"，也许比古谱更需要发掘与借鉴。

（摘自《读者》2020 年第 9 期）

指挥棒

谭　盾　口述　孙　程　整理

　　这根指挥棒是我 20 多年前在波士顿买的，它的棒身用芦苇秆制成，手柄部分用的是软木，拿在手上很轻，但挥起时却能让观众感受到它的分量。我第一次用它指挥是与马友友和波士顿交响乐团合作，这一拿就是 20 多年，一直用到现在。

　　这根指挥棒凝聚了我从小学到读完博士的 27 年学习生涯的心路历程。我在中央音乐学院学的是双专业，指挥和作曲，跟随李华德教授学习指挥，跟赵行道教授学习作曲。去美国留学时，我又受教于世界著名指挥家小泽征尔。后来成为职业作曲家后，我发现自己最崇拜的还是 20 世纪最伟大的那些指挥家、作曲家，比如马勒和伯恩斯坦，前者的《大地之歌》，后者的《西城故事》，基本都是当代最有影响力的作品。还有法国作曲家拉威尔、俄国作曲家斯特拉文斯基，都是全世界最伟大的指挥家，同时也是作曲家。我自然也希望自己的作品能由自己来指挥。

在指挥方面，我无疑是幸运的。因为我在作曲方面先成功了，所以当我可以自如地以作曲家的身份和世界顶级的乐团合作时，他们也会邀请我去做指挥。我第一次用指挥棒是指挥波士顿交响乐团，第二次是指挥费城交响乐团。一般而言，指挥家的道路是自下而上的，先从指挥中学的合唱队开始，再到城市乐团，继而到国家级乐团，最后成为世界级的大师。而因为作曲，我幸运地从一开始就指挥了世界顶级乐团。

我记得第一次指挥波士顿交响乐团的时候，乐团总经理跟我说："你可以闭着眼睛想象这个乐团是一条河流，你不要去改变河流的走向，但是你要让自己在这条河流中间流得更自如，从而使这条河流变得更漂亮。"

这句话实在精彩。我常常是拿起指挥棒时要去想象手中无棒，在手中无棒的时候要感受心中有棒，这种"有"与"无"的辩证有种强烈的道家意识和禅宗意味，就像老子说的"大音希声""大象无形"。我的指挥和老庄、禅宗有关，这让我对指挥棒的使用非常敏感，形成了自己的风格，这也是我个人非常珍视的对音乐的信仰。

在过去的20多年，我的生活每天都和这根指挥棒息息相关。它对我来说就像李小龙的双节棍，或者武僧手中的少林棍，是连接内部心灵与外在舞台的桥梁，也是自我和大众之间的桥梁，更是我的音乐从灵魂走向大自然的桥梁。从音乐的角度来说，无论是变化多端的风格、层次复杂的哲理，还是东西文化的融合，其实都跟使用这根指挥棒的风格、技巧有关。比如说用这根指挥棒指挥法国印象派的音乐时，它就会变得飘逸而阳光；当用它来指挥贝多芬的音乐时，会让人觉得刚柔相济、命运多舛；用来指挥我自己的音乐时，就会有瞬间的时空转换感，从黄土高原到楚国蛮疆，从江南丝竹到北方的紫禁城。

嵇康说，声音没有哀乐之分。声音之所以成为音乐，是因为内心有感触，这根指挥棒被普通人挥舞的时候自然是没有音乐的，但是在我手中却不一样，它传递的是我内心深处的能量。

(摘自上海译文出版社《珍物：中国文艺百人物语》一书)

这个民族的中医

张曼菱

我是感恩中医的，中医曾救活弱小无助的我。我和家人都不知道那位郎中的姓名，但那一块"妙手回春"的匾额，今生是挂在我的心里了。

我父母自由恋爱结合，喜得爱女，然不到一岁，婴儿患上急症，民间叫"抽风"。小人儿痛苦地抽搐，口吐白沫，病情危重。父母都是"新派"人物，立即抱着我送往法国人在昆明开办的甘美医院。而濒临死亡的我，被甘美医院宣判"无望"，放弃救治。

父亲请匠人来家，为我量身定做小棺材，以尽对这个小生命最后的爱。

家里"叮咣"响着木匠作业的声音，里屋躺着奄奄一息的我。忽然门外传来摇铃声："谁家小儿惊风，我有祖传秘方……"这一刻，恰似《红楼梦》中的场景。奶奶急奔出门，拦住了那个游方郎中。

我曾多少次想象当时的情形：一个衣着寒酸、面目沧桑的江湖郎中走到翠湖边的黄公东街富滇银行宿舍，在一幢气派的法式洋楼前，挺有底气地

"喊了一嗓子"，而后拘谨地走进我家，到小床前看这垂危婴儿。他从行囊中取出四粒黑色的大药丸，吩咐每粒分成四份，以温开水服下。

奶奶喂我，父母任之，不存希望。撬开小嘴，第一份咽下，我停止了抽搐。母亲说，当时还以为"完了"，仔细一看，是平静了。按时辰，将第二份服下，我睁开了眼睛，骨碌骨碌四处看。四粒药丸没有吃完，我已经能辨认亲人了。父亲拎起小棺材出门，送到一家医院的儿科，捐了。

在那个年代，凡是有点知识和家底的人，都以去西医医院为上策。而我，用命试出了中医的真伪。

"五四"以来，中国社会存在某些偏激，在对待自己传统医学的态度上表现得尤为突出。我们视为至尊的几位先驱，胡适、鲁迅，都排斥中医。究其原因，有因个人的经历而怀有厌恨的，也有因改革"旧文化"的意愿太迫切所致。中医显然是被误伤了。

不知何时，游方的郎中没有了，"祖传秘方"变成笑料。在现代史上，中医身影飘零。在教科书里，大概只有《扁鹊见蔡桓公》与中医有关，但人们的关注点多在"为政"，而非"医理"。

我插队的德宏，是历史上有名的"瘴疠之地"。《三国演义》诸葛亮"七擒孟获"就吃过"瘴疠之气"的大亏。直到从金鸡纳树上提取汁液制成奎宁，疟疾才得到控制。我这个知青曾是寨子的"抗疟员"，每天收工后把药片送到傣家饭桌上。

在那首《祝酒歌》还没有唱响全国时，我参加下乡医疗队到滇南石屏县，趁机学习中医：上山采药，回来晾晒、焙治、管理药房。我对"脉象"把握精准，得到队里中医的赏识。"洪脉""滑脉""弦脉"都与文学中的意象相通，所以学中医是必须学好中文的。"把脉"是中医非常重要的一手，有些病人是说不准病情的。我把脉时还发现了两位孕妇，农村妇女羞于说出实情，若不调整处方，很容易导致流产。

在中医和道家的观念里，人从来不会高过自然，人要配合、服从自然。

例如四季的饮食与作息，春天发动、冬天收藏，讲的是气，也是万物的规律。这些思想不断深化，影响着我的人生。

2000年春，我到北京采访李政道先生。我带去一盒云南的天麻、三七药材。有人告诫我："人家留洋多年的学者，不会要你这带土的没有消毒的东西。"李政道的同窗沈克琦先生却说："李先生信这个。他这次来，就是特意到北京中医医院去看病的。"果然，李政道很高兴地收下了。

我到"金三角"拜访远征军眷村时，看到东南亚人民和华人依然崇奉中医，将来自中国的中成药视为至宝。在泰国最有名的大学里，开设有中医课程。然而在我们这里，中医院校总有种入"另册"的感觉。云南是中草药王国，我曾到云南中医学院讲学，院长告诉我，他们招收的多为贫苦学生、农民子弟，且多数是女生。

其实，无论什么社会阶层，中国人早将中药视为家常必备之物。谁家的抽屉里不收着几盒廉价的中成药呢，藿香正气丸、通宣理肺丸，更有速效救心丸，可谓功德无量。因为朴素，因为可靠，反而被轻视。

在城市中，似乎有一种"势利"的思维，仿佛只有底层百姓才会去看中医吃中药，中医退缩到偏僻的角落里，艰难地生存。其实，许多患者在接到西医的无情"宣判"后，总会返回民间，到陋巷和山里去寻求中医的救治。而中医，从来没有因无望的诊断而抛弃病人——即使对最不可能有疗效的病人，中医也会让他服用调理与安慰的药剂，以示"不放弃"。从这一点来看，中医"悬壶济世"的信仰是非常高尚的，因为它是因人创立、为人所用的医学，可陪伴人的生死。

中医与这个民族是休戚与共的。在那些著名中医的传记里，总有这样的故事：当无名瘟疫暴发，中医临危受命——这个"受命"，不一定来自皇帝或是官家，更多的是他们内心的召唤。他们挑起药担，带着弟子，深入疫区。在那些村镇，他们立灶架锅，熬药施救。民众们端碗喝药，医者观其效果，不断改进配方，由此留下很多因时因地配制的不同药方。所谓"逆行"，是中医的世代担当。

自"神农尝百草"到我们那些历历可数的家珍——《黄帝内经》《伤寒论》《本草纲目》等，中医历千年护佑着这个民族。世界许多地方，瘟疫与逃亡让一座座曾经高度发达的城市，渐渐被荒漠湮没，华夏大地上却没有因为瘟疫而被废弃的地方。

就在前几日，世界卫生组织在新闻发布会中谈道："80%的新型冠状病毒肺炎患者是轻度症状，能够自愈或治愈，并不会发展为重症。"轻症患者的"自愈"和"治愈"，实际上就是中医所说的"排毒"过程。如果没有中医的介入，"自愈"对于很多基础体质不好的人来说，是很难实现的——病毒损坏了人的生理机能，让生命非常脆弱。中西医务工作者以人为本，联合对抗疫情，才能构成"自愈"的安全轨道。

"正气存内，邪不可干"，这句话本是中医的医理，也可成为疫情中的我们自强不息、正气凛然的座右铭。

（摘自《读者》2020 年第 10 期）

傲世的霸主，孤独的诗人

蒋 勋

霸主和诗人之间

文人阶层，其实从东汉已经出现端倪。东汉时期土地兼并，士族出现，都是文人出现的先兆。

文人阶层起来以后，对整个中国美学都产生了影响。一个农夫也会有对美的认知，他看到日出日落，会有一种感怀，可是这种欣赏与文人的不同。

曹操身上有非常强烈的文人个性，我将他定位为魏晋时期的第一个诗人。他的个性介于诗人和霸主之间，他对美是非常敏感的。

他既能欣赏世界的美，也能感觉到自己的孤独。可是另一方面，他又是霸主，霸主是要争夺权力的。

最让我们惊讶的是，这两个角色，竟然毫无冲突地融合在曹操身上。不知道是不是因为这种复杂性，使后来的人对曹操这个形象感到费解。但是自从《三国演义》出来以后，曹操就被塑造成一个充满心机的人。

比如他和陈宫去吕伯奢家借宿，忽闻庄后有磨刀之声，仔细一听，只听厨房的人说："捆起来杀，怎么样？"曹操就把那家人全杀了，后来才知道人家是要杀猪来款待他。

玩弄权术的人一般都很冷酷，可是曹操非常热情。他热情的时候，你很容易相信他，觉得他是一个诗人，可是过一会儿他就忽然变回了霸主，可以冷酷无情地对人。

曹操出身并非士族，可他最后使得各方英雄都为他服务、为他效劳。这也是因为他身上有一种特殊的魅力，至于这种魅力到底是什么，却很难解释。

他身上的这两种气质都特别强烈：一个极其孤独的诗人与一个极其孤独的霸主。如果曹操没有机会从事政治，他就是一个很好的诗人。

可是一旦从事政治，在那样的环境里，没有人不阴险狡诈。你打开《三国演义》，哪个人不是和曹操一样？只是曹操在与他们斗智斗勇的过程中被突显出来了，他更懂得怎么先下手为强。

历史记载常常有很强的迷惑性，目的是让大家都乖乖的。西汉刚开国时就斗争不断，可是老百姓很乖，因为整个教育体系里有坚固的伦理观：君臣父子。

曹操却打破了这种伦理，他懂得美，极爱美，对后来的文人影响很大，可是他又极懂权力与残酷。

对美的欣赏

我认为曹操是集真性情与政治冷酷于一身的人，这两种东西在他身上都有极致的体现，所以我把《短歌行》视作魏晋时代美学最重要的开端。

一首《短歌行》延续了东汉以来文人的虚无感，也表现了《古诗十九首》里对生命无常的无奈。

曹操的父亲是一个太监的养子，这使他在稳定的贵族社会里不太有稳定感、确定感。他认为生命非常无奈，好像朝露一样，一下就没有了。

曹操的诗，处处都是真性情，前面还讲"去日苦多"，随后忽然"但为君故"。生命忽然变得快乐起来，不再虚无。只是因为这个人，他就可以写诗，可以创作。因为一个自己所爱的对象，诗马上转成华丽的场面，转成积极正面的人生态度。

"越陌度阡，枉用相存。契阔谈宴，心念旧恩。"当一个稳定的伦理崩溃之后，大家都希望看到生命中最美的品质。曹操身上这种美的品质，就变成像吸铁石一样的东西，把真正有才华的人吸了过来。

其实无论是《三国演义》，还是各种戏剧，都对曹操存在着误解，都觉得他太令人费解，就干脆简单地把他变成一个纯粹作假的人，而把他真性情的部分拿掉。

魏晋社会，伦理架构已经开始松动、瓦解，当时文人最大的特殊性在于开始思考人活着的意义到底是什么，而不再接受别人给予的意义。

这一时期，曹操是一种个性，陶渊明何尝不是。陶渊明的《桃花源记》，就是要走出社会的伦理，他在背叛社会，曹操也一样在背叛。

日本的文学史家经常称中国魏晋时期为"唯美时代"，是说这个时代特别重视美。

美和伦理不同，可是在此以前，所有的文学都必须在道德的旗帜下发展，合于道德的，才合于美。

文学的重要在于它提供了多种美的欣赏角度。文学不是结论，而是一个过程。当我们阅读的时候，不应该下结论说曹操是好人还是坏人，这是一个远离文学的问题。

我们通过文学上的曹操，了解了自己，了解了身边很多人，就会有一个新的欣赏角度。

虚无中感受生命的本质

魏晋时代已经有了对生命的欣赏。所有征战的三国英雄，他们是敌人，可是也彼此欣赏。

我相信诸葛亮一定很欣赏司马懿，司马懿也很欣赏诸葛亮。输赢只是一个有趣的游戏，其实所有的结局都一样，那就是死亡——这是生命的本质。

佛经讲"空即是色"，是说你虽然认识到生命本质是空的，最后什么都没有，可现在都是存在的。现在你眼睛看到的、耳朵听见的、鼻子闻到的、嘴巴尝到的、身体触碰到的，都是存在的。

人要从虚无当中感觉到这些存在的重要。这不正好是曹操的美学吗？一部分感觉到"忧思难忘"，色即是空；可还有一部分是"天下归心"，空即是色。

儒家文化有个毛病，永远把人界定在现实世界里，要你做一个成功的角色。在一个相信"君君，臣臣，父父，子子"的世界里，没有个人。

可是当人要做一个孝顺父母、忠于亲族的角色时，内心又活着一个想要背离的角色，人的信仰与背离，是两股同样强大的力量。

显然，归隐和入世构成了中国文人世界里一种非常奇特的纠缠，如果这样来解释曹操，他也一直在不断地放下和复出。

这种人懂得什么叫作下野，也懂得怎么去玩，本身就分裂成两个部分，在进退之间游刃有余。从文学的角度看，这是一个精彩的时代，文学和美术都一定是从人的解放开始的。

魏晋是一个大的美学时代，因为它的立场非常多。我们在读曹操甚至曹丕的时候，会发现他们所有的角色都在倒错，而倒错是美学里很重要的部分，帝王不像帝王，变得如此忧伤。

"天汉回西流"，整个天河都在回转；"三五正纵横"，参宿和昴宿呈纵横布列。

夜晚失眠，起来看大自然，白天沉溺于政治斗争的帝王，忽然在这个时候恢复了诗人的本性，恢复了对大自然的感情。倒错是种弥补，使人能拥有丰富、完满的人性。

（摘自《读者》2020 年第 10 期）

成功，在高旷荒原上突然闯入的词

阿　来

5 月，内地已是春暖花开，而海拔 5000 多米的唐古拉山上劲吹的暴风中却夹杂着纷飞的雪片。我同几个年轻的记者在青藏铁路沿线采访，正在昆仑山和唐古拉山之间那片高旷的荒原上。年轻的司机因为缺氧倒下了，我临时兼任了我们这辆车的司机，载着我们年轻的摄影师，不断地追逐行驶的火车，让他拍一些火车在雪山下、旷野中奔驰的美丽镜头。我们不断狂奔，超过火车，跑到前面某个预计可以拍到精彩画面的地方，静静地等待火车从深远明净的高原天边蜿蜒驶来。我坐在驾驶座上，感到发动中的汽车引擎在轻轻震颤，车窗外快门声和同行记者们兴奋的叫声响成一片。等到火车在视线尽头顺着山势转出一个优美的弧线，消失在蓝天下面，大家又跳上车，我一轰油门，开始下一轮追逐。这一天，手机间或在冲锋衣口袋中轻轻颤动，我都没有理会。直到傍晚，太阳西沉，我们的追逐之旅也到了最后一站——长江西源沱沱河上那数公里长的铁路桥上。所有人手中的"长枪短炮"都准备好了。桥上的天空中，淡淡的云彩正幻化成绯红的霞光，桥下那漫长曲折的河流闪烁着金属般的光芒，仿佛那不是水流，而是一种超现实的意念，映射着非物质的光辉。

大家都坐在高高的河岸上等待这一天的最后一组镜头。我也从车上下来，备好相机，坐在河岸边稀疏的草地上。天地间一片安详，好像火车这样的事物在这个世界上从来不存在一样。我掏出手机，查看未接电话和未读短信。省青联秘书处的一条短信就在其间，意思是说，他们正在编辑一本书，把曾经当选过"十杰青年"的人以这样一种形式聚集在一起，需要每个入选者谈谈感想，来"感悟成功"。

我必须说，在这样一个海拔高度上，在这样一个四顾皆空茫之处，"成功"这样一个词从手机屏幕上跳进脑海，真的容易引起一种虚无之感。

我不知道是不是因为自己身处中国西部这样荒僻而遥远的地方，就觉得曾经的那些事情一下子离自己非常遥远了。是的，领奖台上摇曳变幻的聚光灯，那些掌声，那些短暂的激情迸发，在这一刻都显得非常非常遥远了。于我而言，不知此时的空旷与彼时的喧哗哪一个对自己的生命来讲更为真实。这段时间，每天掏出卫星定位仪，都看到所处的海拔在节节升高。从格尔木出发踏上青藏线的前一天下午，我特意去看了昆仑山下的玉珠峰车站，那里的标高是4100多米。现在，我们节节上升，已经在4700米的高度了。明天，我们还将上到海拔5200米以上的高度。那么，当年的奖杯、鲜花和掌声，也就是一个人一生中，曾经经过的一个海拔高度吧。省青联发来的短信里说，那是一种成功，要我今天来感悟这成功。但这时，我的耳边响起一位欧洲古代哲人的诗句：

　　名声看起来是多么美好，

　　但这动听迷人的声音，不过是一曲回声。

这样的诗句有一点悲观，有一点虚无。但我想，当我们谈论成功的时候，这样一种态度可能比一味地沉湎更有意义。这样的看法与态度，可能会使我们在面对所谓成功的时候，更加冷静与理智。对一个理性的人来说，成功是时代赐予的机遇，机遇总是暂时性的，所以，所谓成功，不过是重新出发时的一个起点，一个在同一行业领域中稍稍早于或略略高于别人的起点。成功不是登山，登上了珠穆朗玛峰，这个世界便不再有更高的山峰。更何况，也不会有一个登顶者，一直待在最高处。他必须下来，这是自然规律，是天道对人的一种制约。这种制约让人自省，让人感到自身力量的同时，也感到自身的局限。自然和历史的规律不会让一个幸运的登顶者在世界的绝顶处永远沉醉于成功的眩晕！

　　几天后，我到了云南。我们正沿着一条叫红河的大河一路向南前进。这是另一片高原，但海拔降低了，也就是 1000 多米。同行的人换了一批，其中一些人也有轻微的高原反应，因为氧气减少了。我也有反应，氧气对我来说太多了，教人在车上总昏昏欲睡。就在这个时候，省青联再次打来电话，催问稿子的事情，而写这样的稿子，就必然要去回味当年的鲜花与掌声，而此处相对青藏高原已显得太高的含氧量却让我提不起精神。我想，这正好是命运之神赐予的特别隐喻。这个隐喻的本义，正是法国哲人蒙田一篇文章的题目：命运的安排往往与理性不谋而合。

　　成功者可能走向新的成功，成功者也可能在辉煌一刻后，走入永远的平凡。这里，就有了两种危险。一种，成功者头上套着光环，开始远离自己的事业，在我们社会这个过于看重成功者的机制中，谋取更多的功名；一种，把短暂的成功当成永远的幻觉，犹如一个在过多的氧气中昏昏欲睡的人。其实，不同海拔氧气的含量早由自然规律做了规定，因为缺氧而眩晕，因为氧气过多而昏睡，都是人自身的不适应。自然界就用这样的方式提醒人类，并根据人类的适应程度优胜劣汰。而在人生的道路上，社会的机制也是一个永恒的法则，它制造成功，也制造失败。在用成功制造成功的同时，也用成功制造出更多的失败。所以，我想，感悟成功，就是感悟成功之后命运的各种可能走向。

今天，社会对成功者的所谓关注，过于注重成功本身，而不太关注走向成功的途径，这其实才是全社会应该给予更多关注的一个问题，因为成功的方法与途径包含了更多的道德与伦理因素。

又想起另一个旅途中的小故事。那一年4月，因为一本新书译本的出版，我在瑞士待了一段时间。在苏黎世，我想去积雪尚未消融的阿尔卑斯山看看。我小说的德文译者阿丽丝坚持要我带一些巧克力进山，理由有两个，一个当然是巧克力的高热量，另一个是，"我们瑞士的巧克力是欧洲最好的，你一定要品尝品尝"。一个东西既然是一个地区的标志性产品，此地便免不了四处开着面向外国游客的专门商店。但阿丽丝只是一个劲地往前走，我们是在经过了十多家巧克力店以后，才进了一家百货公司，乘电梯连上数层才来到几架巧克力前。还是路边店里的那些牌子，价格也未见得便宜。但很显然的是，她感到非常满意。在楼下喝咖啡的时候，我问她为什么要跑这么远来买同样的东西。她脸上现出一本正经的表情，说："因为这是一家有道德的商店。"不是因为这家的巧克力更好，而是因为这是一家有道德的商店，所以，当地人对这家店表示支持，尽量来这里消费。

我没有问有道德的表现是哪些，但我知道，他们选择消费的地方包含了道德的考量。这个问题，比后来置身阿尔卑斯山那些纯净的雪峰中间引发了我更多的感触与思量。

（摘自四川文艺出版社《大地的语言》一书）

丹 心

刘 勃

汉武帝天汉二年（公元前 99 年），一支 5000 人的汉军没于塞外，主将李陵投降匈奴。司马迁为李陵辩护，触怒汉武帝，被处以宫刑。

这是司马迁人生最大的灾难，但《史记》中对李陵事件的记叙只有寥寥两三百字。为了解这个改变太史公命运的人，我们只能看看班固在《汉书》中的描写了。

少年时代的李陵，工作在宫禁内，等于是在汉武帝身边成长起来的。他的好朋友霍光和上官桀，也都是汉武帝晚年最信任的人——李陵的朋友圈，正是和汉武帝关系最亲密的那个小圈子。

天汉二年，贰师将军李广利率领 3 万骑兵从酒泉出击在天山活动的匈奴右贤王。汉武帝想让李陵为李广利押送辎重。李陵主动请命，想独立带领一支部队，去分散单于的兵力。

汉武帝提醒李陵，这次军事行动规模很大，已经没有骑兵再分拨给他了。几年前，汉朝远征大宛，战马几乎消耗光了，而新夺得的大宛马是珍贵的种马，这时还不能派上前线。

但李陵毫不畏惧，称自己不需要骑兵，"愿以少击众，步兵五千人涉单于庭"。这雄壮的气概打动了汉武帝，但他仍然觉得过于冒险，于是诏令强弩都尉路博德率兵中途接应李陵军。

路博德是一员老将，当年曾以伏波将军的身份平定南越，羞于为初出茅庐的李陵做后援。于是，他上奏说，现在匈奴秋高马肥，不宜和他们作战，希望和李陵等到来年春天再出击，他们二人各带 5000 名骑兵，一定可以生擒单于。

这份上奏却激怒了汉武帝，他认为是李陵不愿出战，教唆路博德这样推辞。于是，他交给路博德另外一个任务，而让李陵立刻出击。

这个决策过程，汉武帝和李陵都没有错——这不是善与恶之间的冲突，而是善与善之间的误会。

于是，李陵带着他的 5000 名步兵从居延出发，向北行进了 30 天，在浚稽山扎营。浚稽山是匈奴的重要据点，据有的学者推断，应该是今天杭爱山脉东端的某座山。这里和居延之间的直线距离大约为 500 公里。对于一支携带着往返辎重——包括至少 60 天的食物，足够的饮用水，以及大型弓弩和大量箭矢等物资的步兵，这个行军速度相当可观。

李陵把经过的山川地形画成地图，派人回长安汇报了军情，汉武帝非常高兴。但就在这时，李陵遭遇了匈奴单于亲自率领的 3 万骑兵。

3 万人对 5000 人，骑兵对步兵，战争结果本该毫无悬念，但匈奴人被李陵杀得大败。于是单于增兵，以总计 8 万骑兵再次发动攻击。兵力如此悬殊，李陵只能一边作战，一边向南撤退。

这场战役被班固写得精彩纷呈，他深谙叙事技巧。李陵能否成功脱身？他总是不断给读者希望的曙光，然后又无情地掐灭它。

李陵终于从匈奴俘虏口中得到一个好消息。单于已经越追越恐惧，他在心中盘算：这样一支人单势孤的步兵，凭什么可以和我军力战这么久？莫非是想把我吸引到汉朝边塞，然后大举围攻？匈奴的贵族也在犹豫：前方还有四五十里才到开阔地带，可以再猛攻一次，如果还不能成功，就撤兵。

也就是说，汉军只要撑过这个地带就安全了。李陵全军上下应该都精神为之一振，于是又是一天数十回合的激战，杀伤了匈奴 2000 余人。

但就在单于要撤兵的时候，李陵军中出了叛徒，把军情全部泄露给单于：汉朝的援军，是不存在的；李陵军中的箭矢，也快用尽了。

于是单于放胆全力进攻，截断了李陵的归途，利用骑兵的速度优势抢占了全部有利地形，四面八方箭如雨下。李陵的部队也竭力还击，班固在这里提供了一个惊人的数字，"一日五十万矢皆尽"。

汉代的箭镞每支重量不低于 17 克，50 万矢意味着光是打造这些箭镞，至少需要 8500 千克的铜或者铁。如果以铜计算，汉代铸造铜钱，平均每年用铜 816.7 吨，这一天射掉的铜就超过了全年用量的 1%；如果以铁计算，汉代的生铁产量现在没有统计数据，但肯定不会超过唐代，唐代的生铁年产量也不过 1200 吨，所以这一天射出去的铁，是唐代生铁日产量的 2.59 倍。

这个细节说明什么？"五十万矢"是一笔巨资，李陵的部队如此精锐，不仅是他本人精心调教的结果，也离不开汉武帝的巨额投入——这绝不是一支被皇帝随意抛弃的军队。

但最终，这支部队还是陷入绝境。李陵长叹："如果再有几十支箭，我们就可以脱身了！"又说："无面目报陛下！"于是，他向匈奴人投降了。这时候，李陵距离汉朝的边塞只有百余里，大汉的亭障已遥遥在望。

刚得到李陵投降的消息时，汉武帝非常愤怒，但慢慢平息后，还有点儿自责，当初李陵出塞，他就应该派路博德去接应他。他甚至考虑，李陵是不是假投降，暗中图谋大事。

汉武帝派公孙敖率军深入匈奴，设法接李陵回来，却不幸得到这样的情报："我抓到了俘虏，他告诉我李陵在为单于训练军队，所以我一无所获。"

这下汉武帝真的愤怒了，杀了李陵的母亲、兄弟、妻子、儿女。李陵的坏名声传播开来，从此，陇西的士大夫提起李氏都感到羞耻。

后来，汉朝的使者到了匈奴，李陵愤怒地质问他："我为了汉朝率领5000人横行匈奴间，因为没有救兵才失败，我有什么对不起汉朝的地方，为何要杀我全家？"使者说："因为我们听说，你在为匈奴练兵！"

李陵立刻就明白了："那是李绪，不是我！"李绪是一个投降匈奴的汉朝都尉。于是可知，公孙敖当时倒不是诬陷李陵，而是听信了错误的情报。愤怒的李陵派人刺杀了李绪，从此也断了回汉朝的心思。不过，他并不和匈奴单于在一起，而是常在外面独自行动，好像草原上的一匹独狼。

总而言之，班固讲述了一个没有反面角色的故事，是命运之手的拨弄，造成了悲剧。他很清楚，绝不能简单粗暴地否定、批判李陵，那会让无数在边疆浴血奋战的将士寒心；把李陵塑造成一个悲情人物，反而有利于维护皇帝的权威。

而更能展示班固修史才华的，不是对历史事件的叙述方式，而是对史料的组合——他把李陵和苏武写在了同一篇传记里。

李陵兵败的前一年，苏武出使匈奴，本来意在和谈，却被莫名其妙地卷入一场政变。从此，苏武被匈奴羁押，受尽磨难，却始终持汉节不改。

当初，苏武与李陵都是皇帝身边的侍中。李陵投降匈奴后，不敢去见苏武，直到许多年后，单于让李陵去劝降，两个人才终于见面。

众所周知，劝降的套路，是先否认自己的意图，慢慢叙旧，说到动情处，再把要对方投降的目的说出来。但李陵没有这样做，他身上仍然闪耀着军人的锐气和磊落。他一开口就说："单于听说我和你素来交情深厚，所以让我来劝你归降。抛开别的想法，听我说吧。"

李陵滔滔不绝，将胸中多年的积郁一吐为快。他说起自己刚投降时，"忽忽如狂，自痛负汉"。李陵又说起苏武一家这些年来遭遇的不幸，汉朝不但亏欠我李陵，更亏欠你苏武。他还说汉武帝晚年多么昏聩残暴，多少大臣无罪被杀。

班固把李陵的台词详细地写下来，归根结底，是一种泱泱大国的自信——一个疆域广大、人口众多的国家，难免有人被亏欠，要让受委屈的人说话。

然后，苏武开口了，表达的意思非常简单：你不必跟我讲纷繁的事实、复杂的道理，归根结底只有一件事——任何事情都无法动摇我对汉朝的忠诚。

李陵被苏武的忠诚震慑住了，感叹说，自己的罪过"上通于天"。他后来只和苏武见过两次面：一次是告诉苏武汉武帝去世的消息，苏武向南号哭，呕出血来；另一次就是汉昭帝时代，在复杂的交涉后，匈奴终于同意放苏武回汉朝，李陵来给苏武送行，也是诀别。

这时候，李陵又一次想起，如果不是汉武帝杀了自己全家，自己在匈奴举大事，也可以光荣地回去。李陵对苏武说："今足下还归，扬名于匈奴，功显于汉室，虽古竹帛所载，丹青所画，何以过子卿！"这话里包含着痛悔、遗憾、羡慕、景仰……无数情绪交织在一起。

终究，没有任何伟业，可以和做一个忠臣相比。这些话出自李陵之口，比出自其他任何人，都更有震撼性和说服力。

这就是班固的春秋笔法：允许不同立场的人发出声音，好彰显宽容；同时把主流的音量调到最大，稳稳把控导向。

最后说回班固的"同行"司马迁，这两位伟大的史学家，打个不恰当的比方，有点儿像林黛玉和薛宝钗：林黛玉可爱，但这种可爱往往和正确无关；薛宝钗正确，而她尤其高明处，在于立场正确而态度并不僵化。

（摘自《读者》2020 年第 13 期）

风味在人间

李楚悦　张　熠

人不能两次吃到同样的食物

三峡大坝修建之前，陈晓卿在奉节的一个江心岛上，吃过一碗令他至今难忘的面。大榕树下有一口井，旁边是个面摊。"哎呀，那碗面简直好吃死了。"陈晓卿专门留了老板的手机号，再去奉节时，老板一家已经搬到了新城。他就去新城。时隔多年，他却怎么也吃不出大榕树和古井旁那碗面的味道了。"以前那碗面有点温和，有一点点江风的咸腥气息。"

"人不能两次踏入同一条河流，人也不能两次吃到同样的食物。"陈晓卿笑着说。

《风味人间》第二季中的每一集都有个颇具武侠感的标题，《甜蜜缥缈录》《酱料四海谈》《香肠万象集》……杯盘碗盏，天地众生，各类食材，尽显风流。这几个带有"江湖气"的片名都是陈晓卿取的。

在美食随笔《至味在人间》里，陈晓卿很早就写过他对江湖菜的偏爱：

"如果把烹饪比作江湖，我最喜欢的厨艺高人当如风清扬——身负绝学，遗世独立。他们有自己的价值观和两三个知己，绝不会参加武林大会之类有套路规则的选拔。"

至味在江湖，但相逢何其难。有做餐饮的朋友找到陈晓卿，想要用"风味人间"命名餐厅，甚至想复制美味，但都失败了。

"如果能复制，还能叫美食吗？那就是连锁店了。"

在北京，陈晓卿只去一家火锅店。"非常好吃，但我不能推荐，我一推荐它就变得不好吃了。这家店会让我有出离的感觉，只有重庆人在那儿吃，都说重庆话，置身其间，你会恍惚，自己是在北京还是在重庆。"

"每一种食物都有秘密，就像每一个人都有性格。"在总导演李勇看来，《风味人间》第二季强调人和食物的关系，更关注人的个性与喜怒哀乐。纪录片是对同质化的抵抗。

第四集镜头下一闪而过的鸭脚包，是让广州厨师王越印象最深的美食。这一幕就在后厨拍摄。"厨师说，当初是他的师父会做这道菜，如今师父都退休 14 年了。"现在市面上基本见不到鸭脚包，拍摄之前，王越也只在粤菜书籍里见过这道菜。

"据书中描述，用厨房下脚料做菜的收入，有一部分会归厨师，所以衍生出很多类似鸭脚包这种经厨师们匠心巧手制作而成的经典粤菜。"王越说。食物塑造了我们，从起初人们进食只为果腹，到衍生出口味、口感、健康等多元需求，食物背后有文化与故事。

在老家山东鱼台，儿时乡村种植的农作物，李勇可以罗列出一大堆："谷物类有小米、麦子、高粱。香料类有芝麻、蓖麻。蔬菜更不用说了，西红柿、茄子、辣椒、姜、土豆、山药、洋葱、韭菜、芹菜……"今年过年，他再回老家，家家户户都只种大蒜和棉花了。"没有人种粮食了，所有的这些都需要去买。我们的食物更丰富了吗？我总觉得哪个地方不对了。"在他看来，每种食物都应该是有温度的，知道是谁做的、谁种的、谁端上来的。

人与食物相互塑造

《风味人间》第二季第四集《杂碎逆袭史》中，崇仁糟猪蹄是许多观众反复回味的段落。猪皮晶莹，胶质丰满，蹄筋健硕劲道，咀嚼后，口齿间鲜香满溢。浙江省嵊州市崇仁镇，裘氏一族在此居住了上千年。片中拍摄做糟猪蹄的裘星育、裘冠宇父子是崇仁镇的酿酒好手，纯手工的酿造工艺已有百余年的传承。裘冠宇为这场拍摄足足准备了一个月。

在崇仁，"糟"几乎是每个家庭都会的美食制作手法，糟货也是当地传统年货。香糟的灵魂在于糟泥，糟泥的来源正是酿酒的副产品。裘家四代从事酿酒，但每年酿酒时裘冠宇依然会焦虑，"有人跟我说，小宇，就差一度啊，但是往往就是这一度，出来的味道就不一样。"食物的烹调与环境因素，包括气候、土壤、温度、湿度都息息相关。有些食物在南方可以发酵，到了北方无论如何都做不出米。美食有根，通常难以复制。

南橘北枳，美食本身如此，美食之于人也是如此。

"吃谷物的人和吃肉的人，就不太一样。吃肉的人，尤其是游牧民族，好像都有很强的个性，独立作战的能力非常强，热爱自由。农耕民族更具有组织性、秩序感，不然连水渠都修不成。所以，食物在塑造人的思维方式、行动特征。"陈晓卿解释。东西方有相同的观点，西谚"You are what you eat"，其实就是中文里的"一方水土养一方人"。《风味人间》这个名字中，"风味"一词取自法语 terroir（风土），想表达的也是这层含义。

《螃蟹横行记》里，同样是拆蟹，美国人粗犷，只要大块的蟹肉，不在意细枝末节；而日本人拆蟹，又是细到极致的另一种处理方式。从同一个命题出发，有时候，导演组把衡量的维度交给"地域"，不同的风物人情中，抵达食材的方式千变万化。有时候，干脆交给时间。"有的食物要趁新鲜食用，有的食物要经年累月，放得越久越美味。"李勇说。

食物永远与情有关

从早年写美食专栏起，陈晓卿就带着一颗叛逆的心。"我吃过一些大师做的东西，当然也很好，但我并不觉得这些更能给人带来快乐。反倒是四川眉山一个朋友的姑妈，在家做的泡菜更能让我感受到美食带来的快乐。"

陈晓卿觉得，食物永远和亲情、友情相关。"吃得开心是最重要的。"这是陈晓卿的美食理念，"你看蔡澜先生他们，很少去建立所谓的规矩，没有规矩就是最大的规矩。"

陈晓卿不理解的美食家有两种。"一种认为中餐是世界上唯一好吃的，拒绝讨论。甚至认为很多美食都是中国人发明的，比如冰激凌、牛排、奶酪……我曾经拜访过一位大师，他说中国人最大的贡献是教会外国人把饭做熟。另一种认为中餐的出路是西餐，认为中餐没有标准化，不符合现代社会的要求，因此没法走向世界。"他不能理解，"都待在原来的地方不好吗?"

陈晓卿喜欢美国作家 E.B.怀特的一句话——面对复杂，保持欢喜。

他说："我们过去不可能吃到这么多复杂的东西，总是有人觉得自己吃的是正统，其他的是邪术。当我们真正消除偏见，打开视野的时候，才能体验到食物多样化带来的乐趣。你只有包容多样性，才能减少戾气。"

人们面对美食的时候，既有相互瞧不上的智慧，也有不谋而合与异曲同工。

"广西人腌酸鸭子的方式和冰岛人的本质上是一个路数，那会儿他们没有微信也没有 Whats App（一款社交软件），是怎么联系的？绍兴人腌梅苋菜，法国人腌臭奶酪，他们是怎么想的?"坐在办公室的沙发上，陈晓卿端起咖啡，呷摸着，忍不住感慨："人类的智慧总是相似的，早晚他们会想到一起去。远隔山海，心有灵犀。"

（摘自《读者》2020 年第 16 期）

289 年的唐朝与 6 个少年

吴 鹏

作为中国古代历史中的青春盛世，289 年的唐朝从某种程度上说，是靠着一波又一波"后浪"推动的。这些青年好学善思，对天下时局有着敏锐的判断，对个人未来也有清晰规划。更重要的是，他们在年少时，就已经主动把个人命运与历史大势相连。

早在大唐蓝图还没设计出来的隋文帝时期，十几岁的房玄龄，已然看透即将到来的大变局。

洞悉时势的房玄龄着手为将来的改天换地做准备。5 岁就能背诵《毛诗》的他，把全部精力放在"博览经史"上。18 岁时，房玄龄考中进士，到吏部等候分配工作。吏部侍郎高孝基素以知人著称，见到房玄龄后大为惊叹，"仆阅人多矣，未见如此郎者，异日必为伟器，恨不见其大成耳"。隋末大乱，李世民进攻渭北，房玄龄"杖策谒于军门"，从此成为李世民最为倚重的股肱之臣，辅佐其开启"贞观之治"。

　　成长于隋朝动乱前夕的房玄龄能洞察时局、见微知著，生长在唐朝太平年代的狄仁杰少年时则心无旁骛、一心苦读。

　　狄仁杰小时候，家里门人遇害，"县吏就诘之"，狄家上上下下都忙不迭地出来回话，只有狄仁杰"坚坐读书"，不理不睬。县吏问他小小年纪为何如此倨傲，不打躬作揖配合查案？狄仁杰回答："黄卷之中，圣贤备在，犹不能接对，何暇偶俗吏，而见责耶！"你没见我正在和书中圣贤对话吗，哪有时间去搭理你等俗人小吏。将读书视为与圣贤对话的狄仁杰，后来不但成为民间断案传奇中唐朝最著名的法官，更在担任宰相后力挽狂澜，稳住了因武则天改唐为周引发的动乱局势，后又推动武则天复立儿子而非侄子为接班人，将皇位继承制度拉回正轨，揭开了开元盛世的序幕。

　　开元盛世，名相云集，张九龄更是气度不凡。他出身岭南烟瘴之地，"幼聪敏，善属文"，据说7岁就能写出一手好文章。13岁时，张九龄将所写诗文整理成集，献给时任广州刺史王方庆。王刺史读后，"大嗟赏之"，赞叹"此子必能致远"。长安二年（公元702年），张九龄考中进士，后因事返回岭南。宰相张说被贬谪岭南期间，与张九龄一见如故，成为忘年之交。张说再次拜相后，将张九龄作为接班人培养。张九龄不负厚望，接替张说成为一代文宗，被玄宗视为"文场元帅"。

　　拜相后，张九龄正直贤明，不避利害，敢于直谏，对国事多所匡正，将开元盛世推向顶峰，成为"安史之乱"前最后一位公忠体国的贤相。后因在用人，尤其是在起用安禄山的问题上与玄宗不合，被迫离开相位。

　　张九龄罢相，是开元盛世转向天宝之乱的关键点。幸好，张说、张九龄还在高位之时，就为朝廷布下了李泌、刘晏两枚活棋。

　　李泌家世显赫，自幼聪慧，博涉经史，7岁便能写诗作文。玄宗听闻李泌之才，召他进宫见驾。当时玄宗正和张说下棋，"因使说试其能"。张说就以"方圆动静"为题，让李泌赋诗一首，并先写出"方若棋局，圆若棋子，动若棋生，静若棋死"作为示范；李泌随即吟出"方若行义，圆若用智，动若骋材，静若得意"。张说见七岁小儿李泌之诗的气度意蕴远在己之上，当即恭贺玄宗，国有奇童，野无遗贤。

张九龄对李泌"尤所奖爱，常引至卧内"，经常亲自指点教导。张九龄任宰相时，大臣严挺之、萧诚是其左膀右臂。有一次，张九龄向李泌评价二人，"严太苦劲，然萧软美可喜"，认为严挺之过于严苛而不近人情，如三九寒冬，而萧诚却身段柔软，长袖善舞，让人如沐春风。李泌当即劝张九龄，"公起布衣，以直道至宰相，而喜软美者乎"，你从一介布衣做到当朝宰相，靠的就是直道而行，如今怎能忘却来路，喜欢与柔媚之人为伍？张九龄大惊，当即拜谢李泌的提点，从此不再把他当作学生，而称之为"小友"。

从这两件事可以看出，李泌自小便在识人断事上有近乎天赋般的才能。他亦"以王佐自负"，胸怀扭转乾坤之志，故日后能在安史乱局中帮助肃宗制定平叛战略。叛乱平定后，李泌又辅佐代宗、德宗整理内政，调和将相；对外北和回纥，南通云南，西结大食、天竺，共同对抗强敌吐蕃；最终振衰起弊，扭转危局，推动国运逐步回升。

和世家子弟李泌不同，刘晏出身低微，自幼"聪悟过人"，读书过目不忘，7岁考中科举考试中专为少年儿童设置的科目"童子举"。8岁时，玄宗东封泰山，曹州地方官将其"献颂行在"。玄宗"奇其幼"，让宰相张说测验其学识。张说测试完毕，叹道"国瑞也"。玄宗亲授秘书省正字职务，负责校正典籍中的文字讹误。

有一次，玄宗设宴长安勤政楼，召10岁的刘晏赴宴。杨贵妃见刘晏聪明可爱，竟抱进怀里，"置于膝上，为施粉黛，与之巾栉"。玄宗问刘晏："卿为正字，正得几字？"你上任以来，校出多少错别字？刘晏回道："天下字皆正，唯'朋'字未正得。"刘晏如此回话，意在借机劝谏玄宗调和朝堂上已经日趋激烈的"文学""吏治"两派党争。

玄宗听后，赏赐给刘晏只有王公贵臣才可使用的象牙笏板和黄文衣袍。刘晏后来拜相，主管唐朝财政工作，他改革榷盐法、常平法和漕运制度，重建战后财政体系，为唐朝在"安史之乱"后延续百年奠定了财政基础。

为大唐重整河山的还有宰相李吉甫之子李德裕。他"幼有壮志，苦心力学"，经常被父亲提起以向同僚炫耀。另一个宰相武元衡就把李德裕叫到跟前，问"吾子在家，所嗜何书"，意在"探其志"。李德裕闭口不答，武元衡调侃李吉甫养了个傻儿子。李吉甫"归以责之"，回家责问儿子为何如此。李德裕回道："武公身为帝弼，不问理国调阴阳，而问所读书。书者，成均礼部之职也。"武元衡身为宰相，不问治国之本，反问孩儿所读何书，这话应该是礼部询问的读书小事，哪能是宰相关心的国家大事，"其言不当，所以不应"。李吉甫将此语转告武元衡，武元衡"大惭"，李德裕"由是振名"。

年少便知为相之道的李德裕，成年后顺理成章拜相。他外退回纥、吐蕃，内平藩镇权宦，辅佐唐武宗打造出"会昌中兴"的升平治世，被誉为"万古良相"。

从唐朝前中期的房玄龄、狄仁杰、张九龄，到中后期的李泌、刘晏、李德裕，都在唐朝开国创业、开创盛世、平定叛乱、再度中兴等重要历史转折中刻下了自己的名字，而这一切的发轫点，无疑是他们青年时代将家国融为一体的人生起笔。

（摘自《读者》2020 年第 17 期）

寒露啜茗时

潘向黎

疲劳类似于微醺，而连续五天工作的疲劳，就是薄醉了。宝贵的休息日，睡眠的主要作用不是充电而是清空，通过切断白天辛苦的思维和释放各种梦，将所有的压力送入另一个空间。然后醒来，迷迷糊糊地觉得一切都还来得及。

秋天了，天薄阴。满屏都是诺贝尔文学奖和鲍勃·迪伦的新闻，初听见这个消息，自然是瞪大眼睛的，然后便笑起来。一半艺术，一半娱乐，多么好。除了极少数睡梦里也想获奖的人，所有人都在笑，多么好。

诺奖不诺奖，民谣不民谣，吃茶去。我喝我的茶。

秋天了，我已经不能喝绿茶了。这么些年，我向来只有夏天一季能喝一些绿茶；入了秋，就都喝乌龙茶；由秋入冬，则一半乌龙茶一半红茶。乌龙茶品种很多，各有妙处，比如眼前的大禹岭，香气清爽，滋味爽利而归于温润柔和，特别适合充当早上的"还魂茶"。

随手拿起顾随先生的书，一读，又处处觉得他可爱。

"唐人诗不避俗，自然不俗，俗亦不要紧。宋人避俗，而雅得比唐人俗的还俗。"做人也是如此，有的人刻意避俗，结果让人发现其俗在骨；若是认定"俗也不要紧"，就不会起念造作，自然就举止大方。

说到"大方"，顾随说初唐作风，有一点是"气象阔大，后人写诗多拘于小我，故不能大方"。拘于小我，是小气；气象阔大，才是大方。

"'定于一'是静，而非寂寞。"此语是极。如今人们往往苦于不得清静，日日嘈杂，心里反而寂寞。

关于读书人，他说"一个读书人一点儿'书气'都没有，不好；念几本书处处显出我读过书，也讨厌"。这是真话，却率直任性，令人莞尔。

杜甫的"莫思身外无穷事，且尽生前有限杯"，一般人将其看作牢骚，或者无奈颓唐之语。顾随却说这看似平常，其实"太不平常了"。"现在一般人便是想得太多，所以反而什么都做不出来。'莫思身外无穷事'是说'人必有所不为'，先'且尽生前有限杯'，而后可以有为。"这真是别出新解，启人新思。

他说中国文学缺少"生的色彩"，欲使生的色彩浓厚，须有"生的享乐""生的憎恨"与"生的欣赏"，"不能钻入不行，能钻入不能撤出也不行。在人生战场上要七进七出"。这样的话，我等虚弱怯懦、不"中"而"庸"的人，连击节都不配。

顾随是艺术和人生天真赤诚的热恋者，所以他有骨气、血气、孩子气而没有仙气，他说"人生最不美、最俗，然再没有比人生更有意义的了"。从未读过、听过这样透辟的话，用《红楼梦》里的话说，真是教人"念在嘴里，倒像有几千斤重的一个橄榄"。

"人要自己充实精神、体力，然后自然流露好，不要叫嚣，不要做作。"谨记了。可是，"充实精神、体力"非一日之功，午后，又倦怠起来，而且无端有点烦闷。何以解闷？唯有喝茶。

武夷岩茶吧。武夷岩茶中的大多数，都有一股苍凉山野的气息，与江南绿茶的温柔细腻、云南滇红的甘甜圆润很不一样，饮之似有一股自由而清爽的山风迎面扑来，化作一股真气灌注全身。

这样的茶，在秋声乍起的时节，尤其是有点困倦的午后，最是相宜，最适合作午后的"提神破闷茶"。

到了晚上，茶都淡了，也不便再泡其他味浓的茶，怕搅了白天茶兴的余韵，便淡淡泡了一壶正山小种，手握杯子站到阳台上，发现不知何时天气转好，夜色清寂，有月，有云，云时笼月，而月有晕。不远的地方，桂花开了，我看不见，但那种馥郁的香气，一下子熏透人的魂魄。

明末张大复《梅花草堂笔谈》中有《此坐》篇："一鸠呼雨，修篁静立。茗碗时供，野芳暗度。又有两鸟，咿嘤林外，均节天成。童子倚炉触屏，忽鼾忽止。念既虚闲，室复幽旷，无事此坐，长如小年。"

写这篇的时候，张大复已经是一个盲人，但他对"虚闲"体味得比我们看得见的人更真切。

饮茶，其实是品味时间，浸在茶汤中的许多瞬间，分明感觉到，"时"是无"间"的。

一直喝着茶，却已经是寒露了。

（摘自北京十月文艺出版社《梅边消息》一书）

谁与我中流击楫

房　昊

　　那年天下不太平，所以当少年的爹娘劝他读书的时候，少年总是翻个白眼，举着拳头说："现在这世道啊，得一刀一剑杀出路来，靠读书，不行。"

　　少年从小就叛逆、调皮，不读书也就算了，还不参加贵族们的聚会，天天散漫不羁，穿一身落拓的青衣，就去行侠仗义。

　　当然，行侠仗义也是需要钱的，这世上有许多困难，最难的就是没钱。

　　少年的目标是成为当世大侠，哪在乎这点钱，仗义疏财，扶危济困，半点儿书都没读，硬是闯出偌大的名声。

　　那天，少年他爹还是把少年叫到房间里，决定跟这孩子来一次长谈。

　　爹说："你出去这么多年，能救多少人？"

　　少年说："救一人便是一人。"

　　爹说："若你为官，又能救多少人？若将来天下大乱，神州陆沉，你为将又能救多少人？"

少年深吸一口气说："爹，我懂了，我这就去读书。"

爹长叹一声说："我若早知你有如此心气，便早该对你说这番话，现在读书，怕是有点儿晚了。"

少年一笑说："爹，不晚。"

数年之间，少年就博览群书，涉猎古今，谈吐不凡，还卓有见识。

那年，少年终于出去当官了——司州主簿。少年举目天下，觉得唯独自己是英雄。

没想到，他遇到了一个好朋友。

这位好朋友为人旷达不羁，爱吹笛，喜饮酒，诗写得特别好，喝酒时也特别讲究。

喝什么样的酒，就配什么样的杯子；吃什么样的食物，就配什么样的曲子。好朋友的一举一动都充满贵族气息。

而且，这还是一个颇以天下为己任的贵族青年。

少年常与贵族青年纵谈天下大事，一谈便谈到凌晨三四点，甚至通宵不眠。有时候，这两个少年躺在床上睡不着，就开始吹牛。

少年说："倘若来年真的天下大乱，你我当相避于中原。"

贵族青年说："不错，否则二龙相争，徒损天下。"

少年们哈哈大笑，窗外鸡啼东方。

没承想一语成谶，天下真的乱了——"八王之乱"爆发，战争经年不息。贵族青年的父母死于战乱，贵族青年领兵，四处平叛。

而早年的游侠少年，却败在荡阴一战的乱局之中。

少年沉默下来，他发现王爷们之间的相互攻杀，不会轻易停止，也没有任何意义。他身边的将领随时可能叛变，也随时可能投降。

他拒绝了许多人的邀请，决心不再涉足这场乱局，他将目光放在了更远的北方。

那里的异族已经整理好军备，虎视眈眈地望着中原了。

数年以后，"八王之乱"还没有迎来终局，北方的胡骑已经南下，踏毁了世家门阀的高歌，湮没了贵族的奢靡烟云。

少年沉默地带着部曲，跟着败军一路南下。

这时的天下，乱象丛生，王爷们的军队早已溃散，变成无数的山匪，少年南下的时候就碰见过几拨。

有时少年登高望远，预判出山匪的路线，巧妙避过；有时狭路相逢，少年的眼中又绽放出许久未见的光彩。他一怒拔刀，所向披靡。

他把车马让给老弱，把药品粮衣让给士卒，只穿着简单的青衫，提一把单刀，徒步跋涉在所有人的前面，带着这些人前往南方。

少年说："放心，我们会打回来的。"

这一路南下，少年的声名更大，被任命为官，率部驻守京口。

少年却不想止步于此。他想，南方的朝廷既然已经初步安定，是时候报仇了。

少年说："请圣上发兵，臣愿领兵北伐，一雪国耻。"

奈何这会儿天子刚在江南坐稳，还忙着收拾残局，忙着整理南方的势力，联络各处门阀士族，对于北方凶险的战事，并不关心。

天子十分想告诉少年："为什么要北伐啊，好好活着不行吗？"

但天子显然不能这么说，于是给了少年三千匹布、一千人的粮饷，说："朕允你自行招募敢战之人，自行锻造兵器，你去吧。"

这要是个明事理的，就应该明白天子不想北伐。兵士招募不到，兵器锻造不利，这都可以成为借口，少年也就不必再提北伐了。

但少年没有。

少年就带着自己的部曲和一群败军，毅然北伐了。

孤星北上，风萧萧，易水寒。

渡江之时，少年望着滚滚东流的江水和满目疮痍的北方大地，中流击楫而誓。彼时星月苍茫，两岸青山，少年的吼声穿越千年，响彻人间。

"祖逖不能清中原而复济者，有如大江！"

英雄气概，莫过于中流击楫。

那年，步入中年的祖逖收复黄河以南，面对着痛哭流涕的当地父老，置酒高歌。他想起很久以前自己刚出来为官的时候，与贵族子弟刘琨秉烛夜话，闻鸡起舞。

如今这把利剑，足以让天下震惊。

只可惜纵然祖逖出兵多胜，对抗后赵每每占得先机，却还是无以为继。朝廷毕竟还是不信任这个孤悬在外的大将军，时不时暗中打压。

南方的局势同样不容乐观，王敦拥兵自重，有谋反之势，大军浩荡，似要进逼京城。

一旦南方乱起来，北伐便成泡影。

彼时的北方，西风呼啸，祖逖五十几岁，已经积劳成疾。他白发萧萧，仍旧能出言作剑。

祖逖对王敦的使者说："你回去告诉阿黑（王敦的小名），让他滚回驻地，若再敢放肆，我就带三千兵马杀回南方，北伐功败，我便杀他祭旗！"

使者瑟瑟发抖说："不敢动，不敢动。"

王敦瑟瑟发抖说："溜了，溜了。"

只可惜身在南方的大臣钩心斗角，朝廷上下尔虞我诈，留给祖逖的时间不多了。他来到城头，一双昏黄的眸子只能徒然望着中原大地。

祖逖叹了口气，说黄河南岸，是兵家重地，城防要稳固，该多加修补了。

手下们听令，又纷纷抬头看着他说："将军，您要保重身体啊。"

祖逖挥了挥手，他要再站一会儿，再望几眼中原。他最好的年华、最好的朋友都在那里。刘琨已经在北方孤城的奋斗中死去了，而他也终究没能北渡黄河，给他收尸。

祖逖心想：其实我这辈子，不太会用兵，无非是尽力让士卒吃些好的、穿些好的罢了。或许再给我二十年，凭我微弱的本事，还能渡过黄河。

可惜，时不我与了。

那年，加固城池的工作还没有完成，祖逖便病逝在秋风里。三军失声痛哭，豫州百姓如丧父母，千里缟素，祭奠从闻鸡起舞，到中流击楫的英雄的逝去。

（摘自百花文艺出版社《从前有个书生：魏晋篇》一书）

形神潦草的坐骑

王太生

正像牛是牧童的坐骑，马是少年的坐骑，仙鹤是神仙的坐骑……驴是唐朝诗人们的坐骑。

大唐的驴子真多呀，孟浩然的驴、贾岛的驴、孟郊的驴……李纯甫的《灞陵风雪》中，"蹇驴驮著尽诗仙，短策长鞭似有缘。政在灞陵风雪里，管是襄阳孟浩然"，清晰地传递出诗人们骑驴的"嘚嘚"声。杜甫中年应举不第，被迫到长安干谒求仕，骑着驴从早到晚拜访达官显贵，过着近乎乞讨的辛酸生活。他在《奉赠韦左丞丈二十二韵》中写道："骑驴十三载，旅食京华春。朝扣富儿门，暮随肥马尘。残杯与冷炙，到处潜悲辛。"

我喜欢古人细雨骑驴入剑门的赶路姿势，老祖宗朴实的交通工具，有它千年的美感……有个性的人，他们坐在自己的坐骑上，或桀骜不驯，或热情豪放。

《儒林外史》里说，大画家王冕小时候放牛，经常骑在牛背上。后来稍大，遇着花明柳媚的时节，他乘一辆牛车，载了母亲，戴着高帽，身穿阔衣，拿着鞭子，口哼小曲儿，在乡村、镇上、湖边，到处玩耍。王冕是个孝子，也是逍遥客。那时候，牛是王冕的坐骑。

马是少年的坐骑。少年骑在马上，耳畔呼呼生风，衣袂飘然，追赶一溜烟奔跑的羚羊，追望在天空中绚丽绽放后转瞬即逝的烟花……

仙鹤是神仙的坐骑。《相鹤经》云："行必依洲屿，止必集林木。盖羽族之宗长，仙人之骐骥也。"故有"仙羽""仙客""仙骥"之谓，传说中的"三乔乘鹤""丁令威化鹤"尽与此说相关，而东晋奇书《拾遗记》中"群仙常驾龙乘鹤"的刻画则更为生动。

需要说明的是，在众多的骑乘工具中，驴不单单为唐朝诗人所钟爱，也适合在所有年代，做一个中年人的坐骑。或者说，人过了40岁，就应该骑驴。驴行进的节奏很缓慢，适合养身静心。在驴背上摇晃着，才会有时间琢磨那些难以琢磨的问题。也可坐驴车，正因为驴蹄"嗒嗒"，辇车"嘎吱"，人生的顿悟，才于驴车上偶得。诗人的灵感来源于酒，思维跳跃，哲学则不同，需要冷思维。在没有喧哗和追逐的驴车上，什么事情都可以想，什么事情都不用着急，便于冷静地理性梳理，赶路倒在其次。

陌上骑驴，宜在农历二、八月。这时候和风拂面，心旷神怡，虽不及"春风得意马蹄疾，一日看尽长安花"，倒也悠闲自在，野草闲花看得真切。陌上骑驴，宜走亲戚。驴负布囊，里面装满山货果蔬，一副平民百姓的世俗做派。

黄冑画的《群驴图》中，一只只驴子竖耳蹶蹄地撒欢。有一段时间，黄冑与驴相依为命，以其为友，甚至路过酒馆时毛驴就会停下来，直到黄冑从酒馆微醺而出，小毛驴才蹄声轻叩，重新上路。驴通人性，会顾及主人。

赵本夫的小说《卖驴》中，那匹大青驴趁主人犯困迷糊酣睡之际，半道上被异性吸引，一路尾随那头草灰驴到了不该到的地方。主人很气恼，就暴打驴。那头驴其实不应该挨打，因为人也有类似的经历。

驴的长相有些滑稽，谈不上端庄，也不严肃，人骑在它背上，形神潦草。

骑驴是一种姿态。形神潦草，而非潦倒，就像写字，洒脱、自乐、随性，又不加修饰。

有人看过了五彩缤纷，经历过熙攘和喧哗，渐渐归于平静。这时候就想，有一头驴，沿着油菜花掩映的乡村阡陌缓缓而行，走进恬淡的时光深处。

（摘自《读者》2020 年第 20 期）

渲　染

蒋　勋

　　树叶夹在空白的笔记本里，几天后，纸上渗透着叶子的汁液，拓印出一片叶子湿渍泛黄的痕迹。

　　拓印的痕迹有深有浅，有浓有淡，有湿如水墨的渲染，也有如干笔的飞白；连叶子纤细的茎脉网络也一丝一丝被拓印了下来。

　　细如发丝的线条和晕染的水痕，像一张最好的水印木刻小品。书法美学里常常说"屋漏痕"，便是指水在长时间里沉淀渗透的痕迹吧。

　　小时候在水塘里发现被浸泡久了的落叶，经水腐蚀，一片叶子只剩下透空的叶脉，迎着阳光看，像蜻蜓的翅翼，在风中微微颤动。

　　因此童年多了一项秘密的游戏，我常常选择一些自己喜欢的树叶，浸泡在不容易为人发现的水塘或水沟。下了课没事就跑去检查，把叶子从水里捞起来，看看腐蚀的情况。

　　日复一日，经过耐心的等待，总要大约一个月，腐蚀得才够完全。

叶片腐烂的部分随水流去，剩下干净清晰的叶脉，用纸吸干水分，在通风的地方充分干燥，一片叶子美丽的茎脉就都显现了出来。

我童年的书页里夹着许多自己制作的这种叶片，也当作礼物，送给当年要好的玩伴朋友。

我没有上过什么美术课，我的美术课大多是在大自然里自己玩耍游戏的快乐记忆。

宋代以后，绘画里常常用到"渲染"一词。"渲染"一般会让人联想到水墨的技法。

墨色凝固在绢帛或纸面上，原来是一块死黑。经过水的渗透，经过湿润的毛笔笔锋一次又一次地晕染、渲刷、冲淡，墨色和纸绢的纤维渗透交融，颜色和质感都因为有水介入，发生了莹润的层次变化。

"渲染"是说水的渗透，"渲染"也是说时间一次又一次的经营琢磨。

许多好的宋画，无论色彩或水墨，都看得出来层次的丰富，至少要经过十数次"渲染"，才能如此晶莹华美。

我的大姐画工笔花鸟，画画的时候，一定有一枝饱含清水的毛笔。上了颜色之后，即刻用清水笔渲洗一次。再上色，再渲洗。一次一次，如此反复十余次至二十次。

颜色褪淡成玉的质地，颜色不再是纸绢表面的一层浮光，颜色渗沁成纤维里的魂魄，颜色被水漫漶散开……纸绢上的一片叶子，一朵花，仿佛只是颜色回忆的痕迹。

艺术里的美，往往并不是现象的真实，却是真实过后的回忆。

回忆，需要时间的渲染。直到有一天，所有的现象都只是回忆，繁华也就耐得起一次一次的渲染了。

"渲染"或许不只是绘画的一种方法吧，一个时代，有了"渲染"的审美，才算是开始懂得在时间里修行了。

偶然翻开儿时的书页，还会不经意发现一两张昔时制作的叶片。茎脉迷离婉转，书页上一圈泛黄的拓印。初看起来，误以为是叶片的影子，我拿开了叶片，痕迹还在，才知道不是影子，是叶片在岁月里把自己永远拓印在书页上了。

（摘自《读者》2020 年第 21 期）

李白和杜甫谁更牛

六神磊磊

看到这个标题，一定会有人说无聊，李白和杜甫都很伟大。其实关于李白、杜甫谁更牛，是个正儿八经的学术问题，叫作"李杜优劣论"，人们为此已经吵了一千年。谁为此吵过呢？白居易、元稹、韩愈、欧阳修、严羽、胡应麟、王夫之、胡适、郭沫若……所以这个话题一点都不无聊。

1

这场千年口水战是谁先挑起来的？应该是元稹。他挑起这么个事儿也很偶然。有一年，他碰到了杜甫的后人，对方正想要迁葬其祖，可是太穷了，找不到名人写墓志铭——当时请名人写墓志铭是很贵的。

偏偏元稹是杜甫的粉丝，撞见这事，就慷慨地答应下来。元稹在墓志里猛夸一番杜甫，说杜甫"上薄风骚，下该沈宋，言夺苏李，气吞曹刘，掩颜谢之孤高，杂徐庾之流丽，尽得古今之体势"，意思就是说杜甫独步古今，无敌。

有趣的是，夸杜甫就夸吧，元稹忽然把李白拉进来踩了两脚，说"时山东人李白，亦以奇文取称，时人谓之李杜……诚亦差肩于子美矣"，讲李白压根不如杜甫。白居易是元稹的死党，两个人的"三观"和文学观点很接近，白居易也推崇杜甫，对李白的评价偏低。

此后上千年，李白、杜甫谁更好就成了一个永远说不完的话题。中唐的元稹、白居易等觉得杜甫好，他们写诗更喜欢现实风格。后来又有很多明朝人觉得李白好，认为杜甫的诗比较土、有"村"气，看不上他。还有人觉得杜甫老批评时事，不够正能量。郭沫若也加入了这场口水战，他写了一本很有名的书，叫作《李白与杜甫》，说李白更好，杜甫不好。

当然，还有很多人认为李、杜无法分高低。比如韩愈，他说"李杜文章在，光焰万丈长"，两个人都好。宋代有一位叫严羽的，写了一本《沧浪诗话》，说李、杜都好，子美不能为太白之飘逸，太白不能为子美之沉郁，各有各的好。

所以这个问题就分成了三派：1. 李白更好；2. 杜甫更好；3. 两个人一样好。

众所周知，这两个人作品的风格不一样，一个清新飘逸，一个厚重沉郁。他们俩有两首诗经常被拿到一起比较，那就是李白的《渡荆门送别》和杜甫的《旅夜书怀》。

李白："山随平野尽，江入大荒流。"

杜甫："星垂平野阔，月涌大江流。"

风格明显不一样，所以后来清朝的洪亮吉就讲了句著名的话：李青莲之诗，佳处在"不着纸"，而杜浣花之诗，佳处在"力透纸背"。你可能会说：我也知道他们俩风格不一样，各有各的好，但若非要比一比，到底谁更厉害呢？

2

两个人整体不好比，可以先分开来比。比如，谁更流行？

如果两个人都去参加诗歌节目，李白多半能火，杜甫则够呛。用今天的话说，李白的诗是可以击穿"圈层"的，"抽刀断水水更流，举杯销愁愁更愁"这样的诗，从一线城市到十八线城市的人都可以欣赏，可杜甫的诗不行。

李白的诗很多是不需要人去介绍和诠释的，你一看就会觉得好。"君不见黄河之水天上来，奔流到海不复回。君不见高堂明镜悲白发，朝如青丝暮成雪"，这样的诗哪里需要别人去介绍？人人一听就会觉得好喜欢。

可是杜甫不行。杜甫的诗需要在专业人士推荐、诠释后，你再慢慢地去体会，才会觉得好。比如"战哭多新鬼，愁吟独老翁。乱云低薄暮，急雪舞回风"。事实上，杜甫走红就是后世的士大夫们推崇起来的，是知识阶层捧起来的。所以两个人谁更流行？李白。

第二个问题，谁对后世诗坛影响更大呢？杜甫。

杜甫是百代宗师。李白的诗是不能学的，而杜甫的诗可以学。李白的诗很多是靠天赋，严羽就说李白写诗用"胸口一喷即是"。别人还在琢磨第一句呢，他胸口一喷，就来了。你如果想学李白那样写诗，基本是条死路。事实上，李白之后，中国就没有一个诗人是学李白学成一流诗人的。

反之，杜甫的诗是可以学的。他的锤炼，他的技巧，他的结构，都可以学。莫砺锋教授说，杜甫就是一座大江上的水闸，上游所有的水都归到他那里去，下游所有的水都从他那里流出来。说得太准确了，实情就是这样。唐代自杜甫之后的大诗人，统统要学杜甫，白居易学杜甫，韩愈学杜甫，李商隐也学杜甫……到了宋代更不得了，黄庭坚开创江西诗派，是中国文学史上第一个"派"，就是供杜甫当的祖师爷。杜甫的诗笼罩了宋代，王安石、陆游也都学杜甫。

因此，李白更流行，在大众层面人气更高，而杜甫对后世文坛影响更深远。两个人算是打平了。

再比比两个人的强项和弱点。两个人各有各的强项。李白的强项是七言绝句："日照香炉生紫烟""朝辞白帝彩云间""孤帆远影碧空尽"。当然，李白还有一个强项是七言古诗，是唐朝最好的，如《蜀道难》《将进酒》《庐山谣》，不用多举例。

那么杜甫呢？恰好和李白是反着的，他的七言、五言律诗最好。特别是七言律诗，达到了炉火纯青的境界。

但是注意，两个人都没有明显的短板。他们都是旷世的天才，他们不写并不代表他们不会，就像迈克尔·乔丹一样可以投三分球。李白一样可以写七言律诗，杜甫的七言绝句不如李白，但也相当有成就，如"正是江南好风景，落花时节又逢君"。所以在强项和弱项上，他们也都没有明显的缺陷，基本上打了个平手。

最后再比一个——才学。

"才"是天才、天赋，"学"是学问、学力。这是两样东西。

先说"才"——天才。李白、杜甫谁更接近天才呢？两个人都是天才，但李白显得更有天分。所谓"少陵诗法如孙吴，太白诗法如李广"，李白更像李广，潇洒、自然、行云流水，是天才型选手。

说完了"才"，再说"学"。谁更有学问、学养呢？二人都有学问，但是杜甫更有学问。李白是一本《楚辞》、一本《史记》打天下。他诗里的主要灵感、素材和传承来自这两本书，当然还有古乐府。这是李白的学养来源。

而杜甫呢？主要是六经、《汉书》和《文选》。相比之下，杜甫的诗显得更有学力、学养。话说在盛唐这几个大家——李白、杜甫、王维、孟浩然里面，杜甫是最有学问的。所以"才"上李白压杜甫，"学"上杜甫压李白，比来比去还是差不多。

3

既然没法比，我就讲一讲个人感受吧。我更喜欢杜甫一点。李白的诗，少年时就觉得好。杜甫的诗，是后来才慢慢觉得好。我认为杜甫总会在人生的某个阶段等着你，到了一定的年纪以后，你可能会觉得杜甫的诗更沧桑、厚重、感人。

比如《赠卫八处士》："人生不相见，动如参与商。今夕复何夕，共此灯烛光。少壮能几时，鬓发各已苍。访旧半为鬼，惊呼热中肠。"

人类所有的情感，从至极之喜到至极之悲是有一个区间的，比方说有100分，不同的作者所能表现的区间是不一样的。

杜甫可以表现全部100分，李白大概是95分，李煜能表现90分，而柳永和秦观能表现75~80分。

有人问，凭什么李白要少5分？这么说吧，比如以悲伤而论，李白的悲伤比较个人化，少了一点点深度。"国破山河在，城春草木深"那种悲伤，李白没有。

但这也不过是我强行找的理由。他们都太伟大了，大家该喜欢谁就喜欢谁吧。

（摘自《读者》2020年第22期）

崔 隽

79 岁的俞丽拿刷屏了，这可能是她本人都没想到的。

2019 年 3 月 26 日，《真爱·梁祝》在上海举办了启动仪式。这部音乐剧场作品是为纪念《梁山伯与祝英台》小提琴协奏曲诞生 60 周年和庆祝中华人民共和国成立 70 周年所作，也是俞丽拿封琴近 10 年后首次参与的新作。消息一出，各个媒体平台纷纷转发。

发布会上，《梁祝》的演奏者俞丽拿和作曲家陈钢、何占豪再次聚首，他们的合影勾起网友们的回忆。60 年前，这群年轻人怀着真挚的初心，用一段唯美缠绵的中国爱情故事，为共和国 10 岁诞辰献上祝福。"《梁祝》是共和国成立以来最成功的小提琴协奏曲，在世界名曲中占有一席之地。""俞丽拿是《梁祝》最权威的演奏者，我每次听都泪水涟涟。"人们在评论区里分享着属于自己的《梁祝》回忆。

共和国的弦上蝶舞

1959 年 5 月 27 日，《梁祝》作为国庆 10 周年的献礼曲目首演。《梁祝》全曲超过 25 分钟，在凄婉唯美的《化蝶》章节后，尾声的收音轻如羽毛。随着这片羽毛轻轻落下，上海兰心大戏院的观众席一片寂静。这一刻，台上 19 岁的俞丽拿惴惴不安。尽管此前经过了无数次排演，她仍不确定这首中西交融的小提琴协奏曲能否被观众接受并喜欢。然而几秒钟后，潮水般的掌声向她涌来。她怔忡着谢幕、下台。掌声一直没有停，她和躲在台口的陈钢、何占豪再次登台谢幕。掌声依然没有停，于是俞丽拿搭上琴弓，来了一次毫无准备的返场演出。

无论是俞丽拿、陈钢还是何占豪，几十年来，他们都在不同场合提起过这一天，提起这段与《梁祝》结缘的金色时光。在那个奋进激昂的年代，这是属于他们的青春和浪漫。

对俞丽拿来说，这段时光开启于 1951 年。那年秋天，上海的报纸上刊登了一则招生启事，著名音乐家贺绿汀要在上海国立音专（上海音乐学院前身）创办"少年班"。

此时的俞丽拿 11 岁，成长在现代音乐气氛浓厚的上海，从小学习钢琴。得到消息后，她报名参加了"少年班"考试，最终被录取。入学半年后，学校为平衡专业人数，将俞丽拿和几名同学从钢琴专业分配到小提琴专业。虽然从零开始，但俞丽拿勤奋认真。没过两年，俞丽拿已经成为班级里进步很快、技法最娴熟的学生。

1957 年夏天，俞丽拿升入上海音乐学院管弦系学习。经过院长贺绿汀的争取，此时的上海音乐学院搬入市中心，学生们的演出机会多了起来，剧场、工厂、农村……都有他们活跃的身影。但俞丽拿和同学们的苦恼渐渐出现了——他们发现，无论到哪里演出，小提琴好像都不受欢迎。"声乐系的同学唱两首中国歌曲，台下一片叫好声，都是'再来一个！再来一个！'我们每次演出完，观众的表情都很麻木，掌声也是稀稀拉拉的。"拉琴的同学不甘心，就去问农村老妈妈："阿姨，好听伐？""好听呀！""听得懂伐？"老妈妈笑着摆手说："听不懂呀！"

在这种焦虑下，"小提琴民族学派实验小组"应运而生。20世纪50年代，中国在文艺领域多受苏联影响，学生们都知道苏联历史上有一个强调音乐创作民族性的"强力集团"。为了让"小提琴说中国话"，学院决定借鉴"强力集团"的经验，成立"小提琴民族学派实验小组"。

在那个热火朝天的年代，年轻人总想着为国家做些什么。俞丽拿毛遂自荐，申请加入实验小组。"那会儿就是一门心思地想让老百姓喜欢上小提琴。我加入小组是做了自我牺牲的准备的，不管实验成不成功，哪怕耽误了专业学习，都在所不惜！"

实验小组的探索从改编民歌民曲开始。他们首次将阿炳的《二泉映月》改编成小提琴独奏曲，又改编了民间曲调《步步高》《花儿与少年》。带着这些作品，年轻的学生走到外滩，开始了一场即便现在看来也十分新潮的街头演出。

俞丽拿带着谱架，还有晾衣夹子——因为怕风把乐谱吹走。十几个学生一顿张罗，吸引了一圈过路的人。

过了一会儿，学生们纷纷拿起乐器，人群安静下来。当一首首耳熟能详的民歌旋律响起的时候，俞丽拿惊喜地发现，"人们的表情不一样了，你用小提琴讲话，他们听懂了"。这次演出让小组成员们坚信，他们走的路是正确的。

1958年，上海音乐学院的师生在全国各省深入生活，实验小组来到浙江。在从温州到宁波的船上，大家顶着冷风在甲板上讨论国庆10周年的献礼曲目。当时中国缺少宏大的协奏曲和交响乐来表现民族的伟大。因此，在这个节点上，创作一部小提琴协奏曲的想法被小组成员一致通过。

那么，演奏什么曲子呢？当时正值"大跃进"，全国都在喊"大炼钢铁、全民皆兵"的口号。实验小组顺应时代潮流，报了《大炼钢铁》《女民兵》两个选题。小组成员何占豪对越剧很熟悉，越剧《梁祝》在全国早有一定的知名度，他们又在给领导的报告上加了一个《梁祝》。

此后，实验小组正式着手改编创作《梁祝》，由何占豪、陈钢作曲，每创作一段旋律，俞丽拿就在一旁试奏一段。"这段如泣如诉的爱情故事，最难品的是味道。它来自越剧，你不熟悉中国戏曲，就不可能拉出那个味道来。我虽然是浙江人，但没用，因为我学的是西洋那一套。所以我们研究中国戏曲，学越剧唱腔，还学二胡的拉法。这是一个全新的学习过程。"

关于《梁祝》首演谢幕的情形，俞丽拿现在能想起的画面已经有些模糊了。"返场时，有人说我们演奏了全曲，陈钢说其实只演了一个段落。琴是我拉的，可我什么都不记得了，大概因为太高兴了吧。"这么多年来，每当回忆起那场演出，俞丽拿总会为那一天标注一个定义："对我们来说，5 月27 日这天很特殊，它意味着小提琴终于被中国观众接受了。"

尊重艺术家的意见

1960 年，俞丽拿在上海女子弦乐四重奏中担任第一小提琴手，并参加了在柏林举行的第二届舒曼国际弦乐四重奏比赛，最终取得第 4 名的好成绩。这是中国首次在国际弦乐大赛中获得名次。就在上台比赛前，4 位中国姑娘把手叠在一起，大声喊了一句："为国争光！"

20 世纪 60 年代，周总理经常陪同到访中国的外国贵宾来上海。随着首演的成功，《梁祝》优美的旋律很快通过广播传遍大江南北。在接待外宾、安排文艺演出时，周总理也常常点名要听《梁祝》。当时还是大学生的俞丽拿，因此与周总理有了见面交流的机会。

一次演出后，周总理很有兴趣地向俞丽拿询问有关《梁祝》的创作情况。俞丽拿惊喜地发现，周总理对她的情况很熟悉，知道她们的四重奏在柏林获了奖。周总理说："你们的四重奏能在这么大的压力下获奖，很不容易。你们辛苦了！"听到周总理的称赞，俞丽拿心里一热。

在和周总理为数不多的交集里，有一件事让俞丽拿印象最为深刻。有一次，周总理陪外国贵宾来上海，在欢迎宴会上，俞丽拿照例演奏了《梁祝》。演出结束后，周总理走到台口，对俞丽拿说："俞丽拿，和你商量个事。"俞丽拿记得，总理的语气很温和，但态度很认真，"我觉得《梁祝》太长了一点，你和两位作曲家说一下，看能不能改短一些，这样演奏效果可能会更好。"

听完总理的建议，俞丽拿心里"咯噔"一下。"现在回想起来，那会儿真是年轻冒傻气，什么叫组织纪律，什么叫政治观念，我根本不懂。"俞丽拿的心里充满了担心，害怕删减会给《梁祝》的艺术性带来致命打击。犹豫再三，她没有将总理的话转达给陈钢和何占豪。

几个月后，周总理又一次陪外宾来上海，在文艺演出时，他仍然点名要听《梁祝》。还是那个宴会厅，还是俞丽拿，还是未经改动的《梁祝》。演出结束后，周总理见到俞丽拿，直截了当地问："俞丽拿，你们没改吗？"

"听完这句话，我很紧张，不知道说什么好，只能对着总理尴尬地笑。谁知道总理接下来的话，让我记了一辈子，又敬佩又感动。他只说了一句——'那就尊重艺术家的意见吧！'你看，这就是周总理。"俞丽拿说。但这件事过后，她又认真琢磨了周总理的建议。在不同的场合，她会根据具体情况选择《梁祝》的部分乐章来演奏，比演奏整部作品所用的时间短了很多，演出效果也很好。

几十年来，《梁祝》的旋律在全世界响起。除了俞丽拿，吕思清、盛中国等音乐家也奉献了《梁祝》不同版本的演绎。2016年，根据一项国际小提琴赛事的调查，《梁祝》成为在国外演奏次数最多的中国作品。

杏坛春雨润无声

从 1962 年俞丽拿留校任教，至今已经 57 年。俞丽拿每天 6 点钟到学校，晚上 10 点钟才离开。如果说年轻时俞丽拿的理想是让中国人喜欢上小提琴，那么在当老师的几十年岁月里，她的目标是要让更多的学生站在世界舞台上。"中国学生是有竞争力的，不是来'打酱油的'。"俞丽拿说。

改革开放后，俞丽拿有了更多出国演出、访学、担任比赛评委的机会。"那会儿，上海和国外生活水平的差距还是蛮大的，可是到了国外，我对那些都不感兴趣，我只关心世界各学派最前沿的理论和技术，我要把这些都'偷'回来教给学生。"经过十几年的努力和付出，从 20 世纪 90 年代开始，俞丽拿的学生在国际比赛中崭露头角，以黄蒙拉、王之炅为代表的优秀青年演奏家逐渐涌现出来。

如今，比起刚当教师时的手忙脚乱，俞丽拿已经相当从容。从容却不放松，上课永远排在第一位，这是俞丽拿几十年的准则。她每天在教室授课长达 10 多个小时，唯一的休息就是中午拿出饭盒放到微波炉里热一热，有时她吃饭的同时也会上课。即使在声带手术后讲不出话的时期，俞丽拿也不停课。她做了一些卡片，在学生演奏时用举卡片的方式提醒——"弓速""分段""调性""音准"……甚至还有一张写着"帅"字。

70 岁时，俞丽拿做了告别舞台的决定。"其实那正是我演奏状态非常好的时候，但是，一切都得为专心教学让步。"音乐学院的教学跟普通学校不同，是一对一上课，从附小到大学毕业，一个学生的培养就得花 16 年。在这 16 年里，俞丽拿觉得自己就像他们的第二父母。每个学生她都会准备一个笔记本专门记录，如今这样的笔记本已塞满整整一个文件柜了。

（摘自《读者》2019 年第 13 期）

星 空

陈思和

　　"星空"两个字，在复旦大学的学生生活里也是有点被滥用了。曾经有过星空讲坛、星空沙龙等，现在又有了《星空志》。但这两个字让我想到了中文系的严锋老师。很多年以前——至少有 20 多年了，还是杨福家校长的时代，严锋作为刚刚留校的青年教师，被学校派往挪威奥斯陆大学，跟随著名的汉学家何莫邪研究中国古籍输入电脑的工作。那个时候我们才开始用386 电脑，既精通电脑又熟习国学的严锋老师就成了我们之中最前沿的学者。那时候青年教师也真的是阮囊羞涩，能够出一次国，经济上不无小补，因而这也是大家眼热的机会。但是，我们的严老师出国归来，既没有买"四大件"，也没有买时尚名牌，更没有买洋抽水马桶，却带回来一台世界顶级的望远镜——据说整个亚洲的购买者只有 7 个——严锋老师就成了第 7 个购买这种望远镜的亚洲人。

　　我曾经问他，你买这么高级的望远镜干什么？他回答说，为了看星空啊。原来他在南通家乡时就能够仰望星空识别星象。严锋老师是否用这台世界顶级的望远镜发现星空中有什么外星人，我不知道，严锋老师也没有说过。不过他后来超喜欢科幻小说，还与宋明炜一起把中国科幻炒得全世界都知道。看来他在望远镜里没有找到的奇妙玄想，已经在科幻小说里找到了。

严锋老师是复旦大学的骄傲。他还是中文系讲师的时候，曾经被日本东京大学聘为副教授，担任了两年的教职，除了英语流利得让日本教授折服，他玩世界顶级游戏的本领大约也是举世无双。10 多年前他被公派到美国芝加哥大学任教，讲授"20 世纪 50 年代文学中的政治与艺术"和"20 世纪 90 年代中国文学与社会"，在课堂上他能把天真活泼的美国大学生的积极性全部调动起来。严锋老师后来回忆说："我们一起讨论一个话题，就像在快乐地滚一个雪球，越滚越大，越滚越远。3 个小时一晃就过去了……"这么亲密的师生关系，可以想见他做老师的成功。严锋老师自己的爱好似乎也没有耽误，据说他在美国迷恋音乐迷得天昏地暗。

严锋老师到 2012 年——因为杨玉良校长推行代表作评审制度——才被学校评为教授。那时，他已经是快要知天命了。这当然不是因为他的水平不够，天马行空的严锋老师根本就不屑于斤斤计较自己发表了几篇论文，刊登在什么刊物，拿到了几个课题，又赚了多少奖金，还有就是那些精致的利己主义者梦寐以求的职称啊，级别啊，前途啊，名利啊，他一概不羡慕，更不会不择手段去谋取。当然他也不会怨天尤人，抱怨怀才不遇……这样的学生，这样的老师，大约也只能生活在复旦这样的校园里。

我今天想到要讲讲严锋的原因，是因为在前不久，我读到一篇远在澳大利亚孔子学院的严锋老师发出来的短文："复旦的学生是真心的好。"复旦的学生为什么好？好在哪里？这篇文章里都写了，我不重复。我只是注意到他使用了"真心"两个字，似乎不太确切，但我理解这是严锋老师的"真心"，这是一个老复旦学生对今天复旦的学生发出的真心赞美。一所学校是否优秀，在于其培养出来的学生是否优秀，这是唯一的标准。

　　在宇宙中，星球（在我们的眼里它们仿佛很小，所以昵称为星星）总是按照自己的轨迹运行。地球的环境太差，因为霾或者其他污染物，我们的眼睛经常看不见天空的星星，即便看见了，也觉得暗淡无光。但是我们不能因此就认为星星消失了，天空暗淡了。我们只能相信，星星是永恒的，星光也是永久的。不管我们的眼睛看得见看不见，都没有关系，我们的心里需要这样的信念。

（摘自《读者》2017 年第 17 期）

水井在前院

林斤澜

水井在前院，厨房在后院。

叔公和大媛用一个大木桶和一条扁担，把水抬到厨房的水缸里，这是日常的工作。叔公虽是老人，抬着水腰板还是挺直着。前院加后院住着本家的五六房人家，叔公帮大媛家做做粗活，一个月也拿点"零用"——不叫工钱。大媛从小上学，年年升级，中学毕业，却闲住家里快一年了。若到外地上大学，以眼前的家境，母亲算来算去还是觉得"培植"不起。若在本地求职，一个中学生没有专长，即便是有专长的也还要有门路。母亲想着这个世道真叫艰难呀，不上不下的人家更不知道是艰难还是尴尬。

新近有个机会，工商局招考实习生。大家都说是金饭碗，只怕百里挑一都不是，要千里挑一了。母亲叫大媛关起门来准备考试，家里的事就是墙塌了也不用她管。

一条扁担，叔公在前，大媛在后。大媛才十八九岁，身体正发育，扁担一上肩，轻松叫道："快走。"

"放下，放下……"

母亲赶过来了，挥手叫大媛走开，眼看大媛进了屋，才拾起扁担搭在自己肩头。叔公疑惑着走慢步、走小步，想走又不忍走……母亲虽才五十岁，却早已发福。她半生操持不上不下的人家，用心多，用力少。粗重的抬抬挑挑，从小没有做过。一是用不着做，再是爱面子避免做。

叔公个子不算高，却比母亲高一头。那大木桶的分量，多半压到母亲肩上。母亲在家常穿旧旗袍，开衩只开到小腿。一双"放大"脚——缠过后又放开，只可走"外八字"。她的衣衫和脚骨都没法让她走抬重担的步子，全靠扭动身体帮一把，可她又一身肥肉，身体绷紧扭也扭不成样子。

才走几步，叔公叫她放下，本当说大媛半点儿也累不着，看看母亲的脸色，只是让母亲在前，他在后面，好把木桶上的绳子撸到自己胸前，伸手抓住绳子不叫桶滑回去。母亲轻松一点儿了，她早准备好一个笑容挂在脸上，一路遇见本家的三姑六婆、四姨七嫂，才听见一声"啊呀哟"，不管人家说什么，就自笑自话：

"好走好走……"

"不重不重……"

"一回生两回熟……"

前院和后院中间，有一道一尺高的门槛，平时母亲走到这里，总要侧过身，让旗袍开衩口朝前，正好把"放大"脚横着迈过去。这回抬着桶，门槛竟成了关口。她的肥肉更加紧绷，她侧身像扭，扭身像侧，"放大"脚一横还没有落地，就跟跄向前，大木桶磕着门槛，叔公赶紧一蹲，桶才平安落下，母亲脸上的笑容也落下来了。叔公说："下回找两个小桶，我来挑。"

母亲觉得前后左右都有眼睛如电光射过来、扫过来，赶紧拾起笑容再挂在脸上，伸手去够桶把儿，像要提它过关。叔公已经两手一抱，不过叔公也老了，弯着腿，像挪坛子似的左摆右晃挪进厨房。

母亲坐到屋里休息，一放松，汗水通身钻了出来。大媛悄悄地走到母亲身边，拿一把蒲扇轻轻地扇着。母亲喘着，话不成句："你去……你去……功课……功课……"

"妈妈，让我抬抬水，也好歇一歇，好比磨一磨用钝了的脑筋，磨刀不误砍柴工。"

"不怕……一万，只怕……万一……"

"万一要查肩膀？妈妈，你听了闲话了吧？那是前清考功名，查手掌心，查肩膀，挑担的、抬轿的都不要……"

"有个疤……也要……挑出来……"

"妈妈，那是考空军，怕飞到高空旧疤裂开来。妈妈，只怕你自己也说不清，怕的是什么……"

"怕，怕，怕……"

"怕考不上，说不出口，怕不好听。"

"怕，怕，怕……"

"怕万一。前清的一句废话，也成了万分之一，你就拼老命，去抬水。"

"你还小，不知道当妈的……"

"我知道，这就叫母亲！"

（摘自《读者》2019 年第 19 期）

山桃花与信天游

李修文

第一杯酒，我要敬的是山桃花。那满坡满谷的山桃花，并不是一树一树，而是一簇一簇，从黄土里钻出来的。或从岩石缝里活生生挤出来，铺展开来，偶尔中断，渐成连绵之势，再被风一吹，就好像世间的全部酸楚和穷苦都被它们抹消了。我知道，在更广大的地方，干旱和寡淡、荒瘠和贫寒，仍然在山坡与山谷里深埋。但是，风再吹时，这些都将变成山桃花，一簇一簇现身。山桃花，它们是多么赤裸和坚贞啊：满树满枝，几乎看不见一片叶子，唯有花朵，柔弱而蛮横地占据着枝头，像出嫁的姐姐，像奔命的舅舅——今年去了，明年一定会回来，回来的时候，还会不由分说地给你递过来一份心意。

为了写一部民国年间匪患题材的电影剧本，我受投资人之托，一个人前来此处生活和写作三个月。说实话，在来到陕北角落里这座名叫"石圪梁"的村庄之前，尽管我已经对可能遭遇的情形做了许多设想，但是，当我真正踏足于此，眼前所见还是让我欲说还休：真正是满目荒凉，非得睁大眼睛，才能在山旮旯里发现些活命的口粮；村庄空寂，学校闲置，年轻人大多远走高飞，为数不多的中年人里，好几个都是在外打工时患了重病才回来等死的人。我住的那一口窑洞，背靠着一座山，满墙透风，窗户几近朽烂，到了夜晚，甚至会有实在挨不住寒冷的狐狸奔下山来，从窗户外腾空跃入，跳到我的身边。

多亏了那满坡满谷的山桃花。这一晚，北风大作，"倒春寒"明白无误地来临，雪粒子纷纷砸入窑洞，我避无可避，渐渐地，就生出一股巨大的悔意。是啊，为什么此时我会身在此地？不写这部电影剧本就一定会饿死吗？稍做思虑之后，我决心就此离开——不是等到天亮，而是现在就收拾好行李离开。几分钟后，我拎着简单的行李出了窑洞，爬上了窗户外面那座山的山脊。我大概知道，在山脊上一直走到天亮，就会看见山下的公路，那里有去往县城的大客车。就在此时，我发现那些司空见惯的山桃花好像被雪粒子砸得清醒了，这才想起我与它们还未及相亲。这是一种机缘，将我拦在了要害之地——雪粒子像携带着微弱的光，照亮了我身旁西坡上一片还未开放的山桃花，看上去，好似它们在天亮之前就会被冻死。我蹲在它们身边看了一会儿，叹息一声，接着往前走。哪里知道，刚刚走出去几步，一场灾难便在我身后发生了：脚底的小路突然变得颤抖和扭曲，我险些站立不住。与此同时，身后传来一阵含混的轰鸣声。我回过头去，一眼看见途经的西坡正在崩塌——那西坡，好似蛰伏多年的龙王在此刻亡命出世，沙块、黄土、断岩和碎石，瀑布一般，泥石流一般，不由分说地流泻、崩塌和狂奔……猛然间又平静下来，就像那龙王正在黑暗里喘息，以待稍后的上天入地。唯有尘土四起，穿过雪粒子，在山巅、山坡和山谷里升腾——虽说来此地的时间并不长，我也不是第一次目睹类似的山体滑坡，但是，这么严重的滑坡，我倒是头一回见到。

也不知道为什么，尘雾里，我却心疼起那些快要被冻死的山桃花：经此一劫，它们恐怕全都气绝身亡了吧？我竟然想去再看它们一眼，便猫着腰，小心翼翼下到山谷里，再走近山体滑坡的地方。果然，那些山桃花全都被席卷而下，连根拔起，像是战祸后被迫分开的一家人，散落在各地，又眺望着彼此。我靠近了其中的一簇，伸手去抚一抚它们，而它们早已对自己的命运见怪不怪：暴风和尘沙，焦渴的黄土和随时可能发生断裂的山岩。

哪里知道根本不是——突然，像是雪粒子瞬时绽放成雪花，像是爆竹的引线正在冒烟，一颗花苞，对，只有一颗，轻轻地抖动了一下，然后，叶柄开始了轻微的战栗，萼片随即分裂。我心里一紧，死死地盯着它看，看着它吞噬了雪粒子，再看着花托在慌乱中定定地稳住了身形。我知道，一桩莫大的事情就要发生了，即使如此，花开得还是比期待的更快：是的，一朵花，一朵完整的花，闪电般开了出来。在尘雾里，它被灰尘扑面；在北风里，它静止不动，小小的，但又是嚣张的。灾难已然过去，分散的河山，失去的尊严，必须全都聚拢和卷土重来！我看看这朵花，再抬头看看昏暗的天光，一时之间，竟然震惊莫名，激奋和仓皇，全都不请自来。而事情并未到此为止：就在我埋首在那一朵花的面前时，更多的花，一朵一朵，一簇一簇，像是领受了召唤，更像是最后一次确认自己的命运，呼啦啦全都开了。现在，它们不再是眺望彼此了，而是用花朵重新将彼此连接在一起。哪怕离我最近的这一簇，虽孤悬在外，也开出了五六朵，而叶柄与花托又在轻轻地抖动，更多的花，转瞬之后便要在这"倒春寒"的世上现身了。

可是，就在此时，山巅上再次传来巨大的轰鸣声，四下又生出颤抖与扭曲之感。而我没有抬头，我知道，那不过是山体滑坡又要来了，那蛰伏了好半天的龙王，也终于迎来自己上天入地的时刻。只是，此时此刻我满眼只有还没开出来的那几朵花。紧接着，轰鸣声越来越近，越来越近，尘雾愈加浓烈，小石子甚至已经飞溅到我身上，所谓兵荒马乱，所谓十万火急，不过如此。但我还是置若罔闻，屏住呼吸等待着发落——是的，最后那几朵还未开出来的花，我要等它们来发落我。

它们终归没有辜负我：就在即将被彻底掩埋时，它们开了。看见它们开了，我便迅疾跑开，远远站在一边，看着它们盛放一阵子，随即，被轰隆隆滚下的黄土和碎石吞没。所以，"天人永隔"之后，它们并未见证我对自己的发落。

最终，我没有离开那座名叫"石圪梁"的村庄，而是在越来越密集的雪粒子里返回自己的窑洞。是啊，我当然无法对人说明自己究竟遭遇了什么，可是，我清清楚楚地知道，我目睹过一场盛大的抗辩。在这场抗辩里，哪怕最后仍然被掩埋，所有的被告，全都用尽气力变成了原告：也许，我也该像那最后时刻开出的花，死到临头仍要给自己生生造出一丝半点的呈堂证供？也许，在那座名叫"石圪梁"的村庄里，酒坊和羊圈，枣树底下和梨树梢上，更多的抗辩和证词还在等着我去目睹、见证和合二为一？

这么想着，天也快亮了，远远地，我又看见了我的窑洞。正在这时候，一阵"信天游"在天际响起，义士一般，持刀刺破了最后的夜幕。雪粒子好像也被吓住了，戛然而止，任由那歌声继续撕心裂肺地在山间与所有的房前屋后游走。那甚至不是歌声，而是每个人都必须拜服的命运——只要它来了，你就走不掉。我的鼻子一酸，干脆发足狂奔，跑向了我的命运。

所以，第二杯酒，我要敬瞎子老六，还有他的"信天游"。据说，只有在冬天，满世界都天寒地冻时，在外卖唱的瞎子老六才被迫回村子里住上一季。其他时间，他都是一个人深一脚浅一脚地在黄河两岸卖唱挣活命钱。按理说，当此春天时节，他早就该出门了，只是今年的春天实在冷得凶，他才在村子里打转。实际上，自打我在这村子里住下，耳边就无一日不响起瞎子老六唱的"信天游"，只是因为心猿意马，我听到了也当没听见。可是，这一日的清晨，当我打定主意重新回到村子里安营扎寨时，再一次听到瞎子老六的"信天游"，那歌声，竟然变作勾魂的魔杖，牵引着我在村子里四处寻找他的所在。离他越近，我就越迷狂，他唱一声，我的心便狂跳一阵。

瞎子老六唱道："太阳出来一点点红呀，出门的人儿谁心疼。月牙儿出来一点点明呀，出门的人儿谁照应。羊肚子手巾三道道蓝，出门的人儿回家哟难。一难没有买冰糖的钱，二难没有好衣哟衫……"这时候，我已经看见了他，他身背一只包袱，手持一根探路的竹竿，正轻车熟路地往村外的晒场上走。我跟上他，听他清了清嗓子，接着唱下一首："一道道水来一道道川，赶上骡子儿哟我走三边。一条条的那个路上哟人马马那个多，都赶上的那个三边哟去把那宝贝驮。三边那个三宝名气大，二毛毛羊皮甜干干草，还有那个大青盐……"渐渐地，我离他越来越近，看着他费力地从小路上爬向比他高出半个头的晒场。因为天上还飘着雪粒子，平日里还算好走的那条小路变得泥泞难行，好几回，他都差点摔倒在地。既然如此，我也就没再跟在他身后，而是跑上前搀住了他，再向他介绍我姓甚名谁。他到底是走江湖的人，满面笑着说，他早已听说有个外乡人住进村里，又连声说我来这里受苦了……如此短短的工夫，待我搀着他走到一盘巨大的石磨旁边时，我们已经不再陌生了。

到了晒场边上，漫天的雪粒子终于变作雪花，四下里飞舞着开始堆积。我原本以为瞎子老六来晒场是为了拾掇什么东西，哪里知道，晒场上空空如也。在晒场边上一棵枯死的枣树下站了一会儿，他问我喜不喜欢听"信天游"，我当然点头称是，他便让我好好听，他却从枣树底下走到石磨盘边上，咬了咬牙，喉结涌动一阵，再仰面朝天，脸上都是雪花。这时，他满身的气力才像是全都灌注到嗓子里，于是，他扯着嗓子开始唱："墙头上跑马还嫌低，面对面睡觉还想你。你是哥哥命蛋蛋，搂在怀里打颤颤。满天星星没月亮，叫一声哥哥穿衣裳。满天星星没月亮，小心跳在了狗身上……"

那歌声，我该怎么来描述呢？枣树底下，我想了半天，终究想不出一个合适的词，只觉得全身像被灌满了酒浆，手脚热烘烘的，眼窝和心神也热烘烘的。最后，当我下意识地环顾眼前的山峦、村庄和雪花时，命运——唯有这个词化作一块巨石朝我撞击过来——对，命运。所谓善有善报，那些贫瘠的山峦、村庄和漫天的雪花，命运终将为你们送来"信天游"，你们也终将在"信天游"里变得越来越清净美好。就像此刻的我，歌声一起，便再一次确信：重新回到"石圪梁"安营扎寨，正是我的命运。瞎子老六不再停留在原处，而像一头拉磨的骡子，绕着石磨盘打转，一边打转一边唱："半夜来了鸡叫走，哥哥你好比偷吃的狗。一把撂住哥哥的手，说不下日子你难走。青杨柳树活剥皮，咱们二人活分离。叫一声哥哥你走呀，撂下了妹妹谁搂呀……"

这一早晨，满打满算，瞎子老六唱了十多首"信天游"。奇怪的是，自始至终，他都是在绕着石磨盘打转，丝毫没有挪足到别的地方。在他结束歌唱的时候，我多少有些好奇，一边搀着他往村子里走，一边问他，为何不肯离开那石磨盘半步。瞎子老六竟然一阵神伤，终了，对我说，这些"信天游"，他其实是唱给一个死去的故人的。想当初，他还没有满世界卖唱的时候，唯一的活路，就是终日里和故人一起，在这晒场上给人拉磨。他那故人，寻常的"信天游"都不爱听，就只爱听些男女酸曲。每当自己唱起男女酸曲，那故人便像是喝多了酒一般，全身是力气。那时候，自己可就轻省了，只管唱歌，不管拉磨。所以，尽管过去这么多年，但只要他回来，每天早晨，他都不忘来这晒场上给故人唱上一阵子酸曲，不如此，他便觉得自己对不起那故人。

瞎子老六说完了，径直朝前走出几步。我也不再说话，沉默着跟上去，再次搀住了他。不过，待我们快到村口的时候，在两条小路分岔的地方，瞎子老六却突然止住了步子，我本以为他只是稍微地犯一下迷糊，赶紧告诉他，朝北走才能进村，要是往南走，就离村子越来越远了。他不说话，安安静静站在雪里听我说完，然后解下身上背着的那个简单的包袱，冲我示意了一下，再笑着对我说，虽说一见如故，但恐怕再难有相见之期，只因为，打今日起，他便要去黄河两岸卖唱了，所以，现在，他就不进村了。

事情竟然如此，但是，这样也好。我原本以为，我在这石圪梁村就算交下个能过心的人，不承想，相亲与相别，竟然全都发生在眼前的雪都来不及下得更大一点的工夫里。世间之事往往如此，我会在倏忽间选择留下，瞎子老六自然也会在倏忽间选择离开，一如在石圪梁村外更广大的尘世里，此处下雪，彼处起风，有人啼哭着降生，有人不发一言地辞世，正所谓，"衰兰送客咸阳道，天若有情天亦老"。是啊，这扑面而来的相亲与相别，弄不好，也是为了证明这样一桩事情：我活该在这里，他活该在那里。这么想着，我便松开了手，不再搀他，而是看着他一路朝南，走得倒是稳稳当当。他还没走几步，我终究还是未能忍住好奇心，追了上去，再问他，他的那个故人，到底是个什么样的人，如果他信得过我，他走后，只要我还在村里，隔三岔五，我也许能够买上些纸钱、香烛，去他的坟头稍做祭奠，这样可好？

听完我的话，瞎子老六稍稍有些诧异，下意识地仰面，喉结涌动了一阵，然后，笑着摇头，看起来是下定了决心，他告诉我，他的那个故人，其实不是一个人，而是一头骡子。什么？骡子？！我不禁瞠目结舌。他便再对我说了一遍："是啊，就是骡子。"停了停，他还是笑着说："一头骡子，哪里有什么坟呢？可是，在这世上啊，除了它，我实在是没有别的故人了。饥寒的时候，它在；得病的时候、拉磨的时候，它也在。要是连它都不能算我的故人，还有谁是呢？"瞎子老六说完，在我还恍惚的时候，他已经轻悄地继续往南走了。清醒过来后，我也没有再去追他——看看他，再看看远处的村庄，一股巨大的迫切之感破空而来，召唤着我，驱使着我，让我不再拖泥带水，坚定地朝北而去，一路跑进了村庄。是的，迫切，我要迫切地看清楚，那些寻常的庄户里，还深埋着什么样的造化；在那些穷得揭不开的锅里，在那些举目皆是的石头缝里，还有什么样的情义此刻正在涌出和长成。而那早已没了踪影的瞎子老六，远远地又开口唱了起来："把住情人亲了个嘴，肚里的疙瘩化成水。要吃砂糖化成水，要吃冰糖嘴对嘴。砂糖不如冰糖甜，冰糖不如胳膊弯里绵。砂糖冰糖都吃遍，没有三妹子唾沫儿甜……"

（摘自《读者》2020 年第 8 期）

那样的父亲，那样的母亲

毕飞宇

　　2008 年 4 月 7 日，是傅雷先生的百年诞辰，南京大学举办了"傅雷诞辰100 周年纪念暨国际学术研讨会"。从世界各地来了许多著名的翻译家，许钧教授关照我去会议上说几句话。这个我可不敢。我不会外语，是个局外人，哪有资格在这样的会议上人五人六装样子。许钧对我说："你还是说几句吧，傅聪专门从伦敦赶来了。"一听说可以见到傅聪，我即刻就答应了。关于傅聪，我的脑子里是有形象的。在我还是一个中学生的时候，我父亲送给我一本书，那就是著名的《傅雷家书》。

　　《傅雷家书》当然是家书，可是，在我眼里，它首先是一部小说，主人公一共有 4 个，傅雷、朱梅馥、傅聪、傅敏。我为什么要说《傅雷家书》是一部小说呢？因为这本书里到处都是鲜活的人物性格：苛刻的、风暴一般的父亲，隐忍的、积雪一样的母亲，羸弱的、积雪下面幼芽一般的两个孩子。楼适夷说"读家书，想傅雷"，然而，在我，重点却是傅聪。我父亲出生于

1934 年，他告诉我，同样出生于 1934 年的傅聪"这个人厉害"。我当然理解父亲所说的"厉害"是什么意思，这位天才钢琴家在他的学生时代就做过惊天动地的"大事"。我对傅聪印象深刻还有一个重要的原因。那时候，我正在阅读傅雷翻译的《约翰·克利斯朵夫》，《约翰·克利斯朵夫》里头有一位诗人叫奥里维，他才华横溢，敏感、瘦弱，却可以冲冠一怒。我认准了傅聪就是奥里维，奥里维就是傅聪。

就在南京大学的会议室里，当许钧教授把我介绍给傅聪的时候，我很激动。当然，正如一位通俗作家所说的那样，毕飞宇这个人就是会装。没错，我控制住了自己，我很礼貌，我向我心仪已久的钢琴大师表达了我应该表达的尊敬。当然了，遗憾也是有的，傅聪一点都不像奥里维，傅聪比我想象中的奥里维壮实多了。

在那次会议上，我作了一个简短的发言，我想我的发言跑题了。我没有谈翻译，却说起了《傅雷家书》。我从《傅雷家书》里读到了许多，但最感动我的，是爱情，是傅雷与朱梅馥不屈的爱——感谢楼适夷先生，如果没有楼适夷的序言，我不可能知道这些。朱梅馥是在当时外界的高压环境下"伴随"傅雷先生而去的，也就是中国传说中的"但求同年同月同日死"。这是骇人的。他们的死凄凉、沉痛，同时也刚毅、悲壮。虽然我不想说，可我还是要说，他们的死固然骇人，但是，它也美，是传奇。斯人已逝，日月同静，天地有大美而不言。

在我 17 岁那一年，也许还不止一年，我被《约翰·克利斯朵夫》缠住了，仿佛"鬼打墙"。严格地说，是被那种庄严而又浩荡的语言风格绕住了。"江声浩荡，自屋后上升"，上帝啊，对一个 17 岁的青年来说，这太迷人了。迷人到什么地步呢？迷人到折磨人的地步。就在阅读《约翰·克利斯朵夫》的时候，我特地预备了一个小本子，遇上动人的章节，就把它们抄写下来。当我读完《约翰·克利斯朵夫》的时候，小本子已经写满了。我是多么的怅然，怅然若失。完了，没了。挑灯看剑，四顾茫茫。

　　对不起，我不是炫耀我的记忆力。我要说的是这个——有一天，许钧教授告诉我，罗曼·罗兰的原文其实并不是中国读者所读到的那个风格，这风格是傅雷独创的。许钧教授的话吓了我一跳。老实说，我一直以为翻译家和作家的语调是同步的，原来不是。许钧教授的话提升了我对翻译的认识，翻译不是翻译，翻译是另一种意义上的写作，至少，对傅雷这样的大翻译家来说是这样。翻译所需要的是创造性。许钧教授的一句话我引用过多次了，今天我打算再引用一遍："好的作家遇上好的翻译家，那就是一场艳遇。"是的，在谈论罗曼·罗兰和傅雷的时候，许钧教授就是用了这个词——"艳遇"。我相信，只有许钧这样的翻译家才能说出这样的话来。它精准，传神，惊天动地，荡气回肠。文学是迷人的，你从任何一扇窗户——即使是翻译——里都能看见它无边的风景，"春来江水绿如蓝"。

　　40 岁之前，有无数次，每当我写小说开头的时候，我的第一句话通常都是——"江声浩荡"，然后，然后当然是一大段的景物描写。等我写完，我会再把这一段毫无用处的文字删除掉。这 4 个字曾经是我起床之后的醒神剂，是我精神上的钥匙，也是我肉体上的咖啡。我能靠这杯咖啡活着吗？不能。我能不喝这杯咖啡吗？也不能。孟子说："我善养吾浩然之气。"我不敢吹牛，说我身上也有浩然之气，我只是喜欢。但是，雨果身上有浩然之气，巴尔扎克身上有浩然之气，罗曼·罗兰身上有浩然之气，傅雷身上也有浩然之气。它们在彼此激荡。

　　我不知道未来是怎样的，对我，对我们这一代作家来说，傅雷是特殊的。我向傅雷致敬。虽然我不是基督徒，可我还是相信上帝的仁慈和他的掌控力。上帝会安排的。上帝给你一个霸道的父亲，一定会给你一个天使一样的母亲。如斯，地方、天圆，五彩云霞空中飘，天上飞来金丝鸟，我们有福了，人生吉祥了。

　　我要讴歌父亲，尤其是以傅雷为代表的、我们上一代的知识分子父亲，他们承担了语言的艰难与险恶。他们中的一部分没有妥协。他们明白要付出什么代价，却没有屈服于代价。具体一点说，他们付出了代价。这是惊天地、泣鬼神的。

我也要讴歌母亲，但是，我绝对不能赞同朱梅馥女士的行为。你是傅聪的妈妈，你是傅敏的妈妈。即使满身污垢，你也要活下去。妈妈活着，只有一个理由，为了孩子，而不是为了丈夫的真理和正义。这是天理，无须证明。父可杀，不可辱；母不可辱，亦不可杀。

我的建议是，所有的父亲都要读《傅雷家书》，所有的母亲也要读《傅雷家书》，所有的儿子更要读《傅雷家书》，只有做女儿的可以不读——在你成为母亲之前。

（摘自《读者》2017 年第 9 期）

汪曾祺的迷人细节

苏 北

1

记得有一年去汪先生家，先生拿出湖南吉首的一瓶酒（包装由黄永玉设计）给我们喝。席间，汪先生说老人有三乐：一曰喝酒，二曰穿破衣裳，三曰无事可做。当时我们才三十几岁，对这句话也没有什么理解，但是回家后我记在了本子上。如今再回忆起这句话，又多了些况味。

2

有一年到汪先生家去，汪师母说了一件趣事。她说前不久老汪酒喝多了，回来的路上跌了一跤。汪先生跌跤之后首先想到能不能再站起来，结果站起来了，还试着往前走了几步。"咦！没事。"汪先生自己说。回到家里，汪先生一个劲地在镜子前面左照右照，照得汪师母心里直犯嘀咕：老汪今天怎么了？是不是有外遇？七十多岁、满头银丝的汪师母说完这话，哈哈大笑，那个开心劲儿。其实汪先生是在照脸上的皮有没有跌破。

3

还听过一件事。说某文学青年偶然认识了汪先生，之后就到先生家中拜访。这是一个对先生痴迷得有点癫狂的青年。他为了能每日聆听先生的教诲，索性住到了汪宅。汪宅的居所不大，他于是心甘情愿睡地下室，这样一住就是多日。每天一大早，他就举着牙刷上楼敲门。有一次他还带来了儿子，老头儿带着孩子上街去买了一只小乌龟。可是"这个青年实在是没有才华，他的东西写得实在是不行"。每次他带来稿子，都要让老头儿给他看看。老头儿拿着他的稿子，回头见他不在，就小声说："图穷匕首见。"

汪老头认为这名青年从事一种较艰苦的工作，很不容易。可他确实写得不好，每次带来的稿子都脏兮兮的。汪老头儿终于还是无法忍受，他用一种很"文学"的方式，下了逐客令——某天大早，青年又举着牙刷上楼敲门，老头儿打开门，堵在门口。一个门里，一个门外，老头儿开腔了："一、你以后不要再来了，我很忙；二、你不可以在外面说我是你的恩师，我没有你这个学生；三、你今后也不要再寄稿子来给我看。"讲完这三条，场面一定很尴尬。我听到这个"故事"时，是感觉有些惊悚的，甚至出了一身冷汗。

现在说这个故事，仿佛已经是"前朝旧事"了。因为已过去几十年了，当年的青年现在也是半个老头了。希望那位曾经的青年读到此则，不要见怪，因为我们都爱这个老头儿，对吧？

4

得到一个重要的细节。一个重庆的记者，曾因受命写一篇重要节日的稿件，访问一位叫章紫的 95 岁高龄的老人。临走时，老人找出一本旧影集给记者翻看，记者竟看到章紫与汪曾祺的合影，一问，原来他们是 1935 年在江阴南菁中学的同学。记者于是接着采访。章紫说："我有个好朋友叫夏素芬，是一位中医的女儿，汪曾祺对她有点意思。高二时有天上学，我们一进教室，就看见黑板上有人给夏素芬写了一黑板情诗，不是新诗，是旧体诗，是汪曾祺写的。汪曾祺跟大家一起看，看完之后，他自己把黑板擦了。"

后来，夏素芬在江阴沦陷区，章紫在重庆读书，汪曾祺在西南联大读书。这期间汪曾祺给章紫写了很多信。后来章紫妈妈知道了，还警告她说，你爸爸不喜欢苏北人，他知道了，会不高兴的。通信的大多数内容已无法回忆，但信里面有两句话，章紫一直记忆犹新。章紫说："有一次他在信里写了一句，我记得很牢，他说，'如果我们相爱，我们就有罪了'；还有一次，他的信里最后写了一句'握握你的小胖手'。当时我手胖，班上的同学都知道我是小胖手。'小胖手'这句我记得，是因为我的信多，看了就随便搁在桌上，同寝室女生看到那一句，大家都觉得好笑。"

20 世纪 80 年代，一次章紫去北京，到汪曾祺家做客。章紫说，他爱人施松卿跟女儿也在家。汪曾祺很会做菜，做菜时，他悄悄跟章紫说："当年学校的事儿，不要多说。"章紫觉得，汪曾祺指的就是他跟夏素芬的事。

汪先生在世时，曾说过，想写写自己的初恋，可是觉得人家还在世，如果写出来，是不是会打搅别人平静的生活。于是不愿意写了。

5

2003 年我到北京，一次与汪朗喝酒。大家喝得开心，都多喝了点。之后有人提议到老头儿的蒲黄榆旧居坐坐。因人多，在书房里散坐，汪朗坐在地上。大家闲聊，汪朗说，"文革"时，一回汪先生中午喝了酒，撸起汗衫，躺在床上，拍着肚皮哼京剧。正哼着，头顶上的电棒管子一头忽然掉了下来，也没完全掉，另一头还插在电棒盒子里，挂在那儿晃呢！老头儿也不管，继续哼。汪师母说："你还不把汗衫放下来，上面有人监视你呢！"

6

1989 年，汪曾祺和林斤澜受邀到徽州游玩，当地安排一名小青年程鹰陪同。第二天一早，程鹰赶到宾馆，汪先生已经下楼，正准备去门口的小卖部买烟，程鹰跟了过去。汪先生走近柜台，从裤子口袋里抓出一把钱，数也不数，往柜台上一推，说："买两包烟。"程鹰说，他记得非常清楚，是上海产的"双喜"。卖烟的在一把零钱中挑选了一下，拿够烟钱，又把这一堆钱往回一推。汪先生看都没看，把这一堆钱又塞回口袋，之后把一包烟往程鹰面前一推："你一包，我一包。"

晚上程鹰陪汪、林二人在新安江边的大排档吃龙虾。啤酒喝到一半，林斤澜忽然说："小程，听说你有篇小说要在《花城》上发？"程鹰说："是的。"林斤澜说："《花城》不错。"停一会儿又说："你再认真写一篇，我给你在《北京文学》上发头条。"汪老头丢下酒杯，望着林斤澜："你俗不俗！难道非要发头条？"

7

1996 年 12 月，全国"文代会"和"作代会"在北京召开。我那时在北京工作，请了许多作家吃饭。吃完我们赶到京西宾馆，出席"作代会"的北京代表团的汪曾祺和林斤澜都住在这里。我们找到汪先生住的楼层，他的房间门大敞着，但没有人。房间的灯都开着，就见靠门这边的台子上有好几个酒瓶，还有一些乱七八糟的杯子。那些酒，除白酒外，还有洋酒。汪先生人不知道跑哪里去串门了。

我们在房间里站了一会儿，又到走廊上来回张望。没过一会儿，汪先生踉踉跄跄地回来，一看就已经喝高了。他见到我们，那个热情啊！连声招呼"坐坐坐坐"，之后就开始拿杯子倒酒："喝一点，喝一点。"我们本来晚上已经喝过，再看他已经喝高了，还喝个啥？于是抓住他的手解释说，不喝了不喝了，我们喝过了。只坐了一会儿，我们便匆匆离开了。

这些细节能说明什么呢？它们又有什么意义呢？细节总是迷人的。我想，读者自会有自己的理解，是不需要我在此多说的。我呈上这些，只是为了纪念。

（摘自《读者》2017 年第 15 期）

致 谢

　　刚刚过去的 2020 年,必将成为人类历史上非比寻常的一年——一场新冠肺炎疫情在全球蔓延,截至 2021 年 2 月底,已造成约 1.14 亿人感染,252 万多人死亡。艰难方显勇毅,磨砺始得玉成。在如此艰难的情况下,中国依然取得了举世瞩目的成就:快速遏制了疫情在国内的蔓延,全面打赢了脱贫攻坚战,"天问一号""嫦娥五号""奋斗者"号等科学探测实现重大突破,55 颗北斗卫星组网成功,新冠疫苗研发成功,国民经济逆势增长……

　　时序更替,华章日新。2021 年对于全国人民而言无疑是不平凡的一年,这一年我们将迎来中国共产党百年华诞,这一年也是实施"十四五"规划、开启全面建设社会主义现代化国家新征程的第一年。我们坚信,在中国共产党的正确领导下,国家将更加强大,民族将更加团结,人民生活将更加美好,第二个一百年的华丽篇章也将拉开大幕。

这一年,"读者人"也将迎来两件喜事:一是读者出版集团创建70周年——1951年,读者出版集团的前身甘肃人民出版社成立,经过70年的蓬勃发展,现已成为国内知名的文化企业集团;二是《读者》杂志创刊40周年,《读者》自创刊之日起就始终以弘扬人类优秀文化为己任,坚持"博采中外、荟萃精华、启迪思想、开阔眼界"的办刊宗旨和"清新隽永"的办刊风格并将挖掘人性中的真善美作为自己的办刊理念,春风化雨、以文化人,潜移默化地影响了几代人的成长。2019年8月21日,习近平总书记亲临读者出版集团考察调研时对"读者人"殷殷嘱托:"要提倡多读书,建设书香社会,不断提升人民思想境界、增强人民精神力量,中华民族的精神世界就能更加深邃厚重。"如今十几个月过去,总书记的嘱托言犹在耳,"读者人"深感责任重大,深知唯有勠力同心、团结奋进,才能不辜负总书记的厚望和重托。

时值三月,莺飞草长,春意盎然,到处充满了希望和期盼的味道。与往年一样,新一辑"读者丛书"如约而至。时光荏苒,岁月如梭,不知不觉中"读者丛书"已出版了5辑。我们将第5辑"读者丛书"命名为"百年辉煌读本",意在表达"共庆百年华诞、共创历史伟业"的美好愿望。丛书通过"文化、民生、生态文明、法治、经济、强军建设、国家统一"等10个方面充分展示了中国共产党领导人民进行革命、建设、改革的光辉历程,特别是党的十八大以来党和国家事业取得的伟大成就。我们从《读者》杂志、各类优秀图书及网站精选了600多篇记录和反映中国共产党领导人民取得的辉煌成就,以及与广大人民群众生活密切相关的点点滴滴的改变和进步的美文汇编成10册,试图以《读者》独特的视角,讲好中国共产党的故事。

蒙广大读者厚爱,"读者丛书"已出版5辑,逐渐形成了一定的品牌效应和规模效应,我们将继续秉承"三精(精挑细选、精耕细作、精雕细琢)"理念,为广大读者奉献一道滋养心灵的精神盛宴。

与往年一样,《读者丛书·百年辉煌读本》的策划和编辑出版得到了中共甘肃省委宣传部、甘肃省新闻出版局以及读者出版集团、读者杂志社等各方的指导和帮助,在此深表谢意!与此同时,丛书的编选也得到了绝大多数作者的理解和支持,他们对作品的授权选编和对丛书的一致认可消除了我们的后顾之忧,对此我们表示诚挚的谢意!虽然我们尽力想把工作做得更细致、更扎实,但因为种种原因依然未能联系到部分作者,对此我们深表歉意,也请这些作者见到图书后与我们联系。我们的联系方式是:甘肃人民出版社(甘肃省兰州市读者大道 568 号,730030,联系人:肖林霞,13893138071)。

"雄关漫道真如铁,而今迈步从头越。"处在两个一百年奋斗目标的历史交汇点上,甘肃人民出版社编辑出版《读者丛书·百年辉煌读本》,也是冀望与广大读者一道牢记使命、砥砺前行,为全面建设社会主义现代化国家、实现第二个百年奋斗目标而披坚执锐、勇立新功。

读者丛书编辑组

2021 年 3 月